Orlando Syrg Taschenbuch 192018

OR
SY
TA

KAR

Kollektion
Abenteuer- & Reiseerzählungen

herausgegeben

von

Joerg K. Sommermeyer

Über dieses Buch

Münchhausen jagt einen achtbeinigen Hasen, springt mit seinem Pferd durch eine fahrende Kutsche, reitet auf einer Kanonenkugel, steigt auf eine in die Gegenrichtung fliegende um, zieht sich samt Pferd am eigenen Schopf aus dem Sumpf, galoppiert auf einem gedeckten Teetisch, ohne Geschirr zu zerbrechen, wirft eine silberne Axt auf den Mond, klettert dann mit einer Bohnenranke hinauf, um sie zu holen und dergleichen mehr. Phantastisches ereignet sich auch auf Lukians Reise durch den Weltenraum, die Unterwelt, das Elysium, Begegnungen mit außerirdischen Lebensformen, interplanetarische Kriegsführung, versuchte Kolonisation der Sonne. (siehe Nachwort des Herausgebers Joerg K. Sommermeyer, unten S. 111 ff.)

Die Autoren

Gottfried August Bürger

*31. Dezember 1747, Molmerswende (Ostharz, bei Quedlinburg) - † 8. Juni 1794, Göttingen. Deutscher Dichter in der Zeit der Aufklärung, Sturm und Drang nahestehend; detaillierter Lebenslauf siehe Nachwort des Herausgebers Joerg K. Sommermeyer, unten S. 112 ff.

Lukian von Samosata

* um 120 in Samosata - † um 180 n. Chr. oder um 200 n. Chr., wahrscheinlich in Alexandria. Sophist, Aufklärer, Spötter, Satiriker der Antike; detaillierter Lebenslauf siehe Nachwort des Herausgebers Joerg K. Sommermeyer, unten S. 114 ff.

Der Übersetzer

August Friedrich Pauly, * 9. Mai 1796, Benningen am Neckar bei Ludwigsburg - † 2. Mai 1845, Stuttgart. Erziehung und Ausbildung in der Klosterschule Maulbronn, im Seminar Urach und Tübinger Stift. Übersetzt 1827-1832 den gesamten Lukian. 1828 Gymnasialprofessor in Heilbronn, 1831 Lehrer für griechische und lateinische Literatur am Gymnasium in Stuttgart. Ordentliches Mitglied im königlichen Verein für Vaterlandskunde. 1840 Mitglied des Statistisch-topographischen Bureaus, bald als dessen stellvertretender Vorstand. 1837 ff. *Real-Encyclopädie der Alterthumswissenschaft*, als *Hand-Lexikon der verschiedenen Theile der Alterthumskunde*, nach seinem Tode fortgeführt, bearbeitet und erweitert, ein *"universales Hilfsmittel der gesamten Altertumsforschung"*, als *Der Neue Pauly. Enzyklopädie der Antike*, 1996 ff., aktualisiert.

Der Herausgeber

Joerg K. Sommermeyer (JS), geb. 14.10.1947 in Brackenheim, Sohn des Physikers Prof. Dr. Kurt Hans Sommermeyer (1906-1969). Kindheit in Freiburg. Studierte Jura, Philosophie, Germanistik, Geschichte und Musikwissenschaft. Klassische Gitarre bei Viktor v. Hasselmann und Anton Stingl. Unterrichtete in den späten Sechzigern Gitarre am Kindergärtnerinnen-/Jugendleiterinnenseminar und in den Achtzigern Rechtsanwaltsgehilfinnen in spe an der Max-Weber-Schule in Freiburg. 1976 bis 2004 Rechtsanwalt in Freiburg. Setzte sich für eine Verstärkung des Rechtsschutzes bei Grundrechtseingriffen ein (Unterbringungsrecht, Untersuchungshaft, Durchsuchungsrecht). Zahlreiche Veröffentlichungen in juristischen Fachzeitschriften sowie Artikel in Musikblättern. Gründer und Vorsitzender der Internationalen Gitarristischen Vereinigung, Organisator und Künstlerischer Leiter der Freiburger Gitarren- und Lautentage, Herausgeber und Redakteur der Zeitschrift *Nova Giulianiad: Saitenblätter für die Gitarre und Laute*. Juror beim Schlesischen Gitarrenherbst in Tychy und Internationalen Gitarrenkongress Freiburg/Basel/Straßburg. Songs, Liedtexte, Arrangements, Instrumentalmusik. 7 CDs, u. a.: *Total Overdrive, Those Rocks & Lieders, Nel Cuore Romanzo Rock, Ergo, 7 Celebrities*. Prosa: Anton Unbekannt, Pathoaphysischer Antiroman, Tragigroteskenfragment, 2008/2009; Vernimm mein Schreien, 2017/2018. Lieblingsmärchen, 2017/2018. Edition von Werken u. a. Franz Trellers, Oskar Panizzas, Fritz von Ostinis, Hugo Balls, Carl Einsteins, Ludwig Rubiners, Franz Kafkas, Heinrich von Kleists, Christian Morgensterns, Robert Müllers, Joseph von Eichendorffs, Adelbert von Chamissos, Georg Büchners, Denis Diderots, Wilhelm Heinrich Wackenroders, E. T. A. Hoffmanns, Heinrich Heines, Rainer Maria Rilkes, Annette von Droste-Hülshoffs, Jeremias Gotthelfs, Marie von Ebner-Eschenbachs, Eduard von Keyserlings, August Stramms und Joseph Conrads.

Orlando Syrg, Berlin, 14. November 2018

Joerg K. Sommermeyer (Hg.)

Münchhausen und Lukian

Bürgers Münchhausen und Lukians Bericht phantastischer Begebenheiten

Durchgesehen, revidiert, neu bearbeitet
(Lukian basierend auf der Übersetzung von August Friedrich Pauly),
herausgegeben und mit einem Nachwort versehen

von

Joerg K. Sommermeyer

Orlando Syrg

MMXVIII

1. Auflage 2018

Orlando Syrg, Berlin (vormals Freiburg i. Brsg.)

Orlando Syrg Taschenbuch

ORSYTA 192018

Kollektion Abenteuer- & Reiseerzählungen

KAR 6

Revision, neue Bearbeitung (Lukian nach der Übersetzung von August Friedrich Pauly), Herausgabe und Nachwort:

Joerg K. Sommermeyer

Umschlaggestaltung (unter Verwendung eines Gemäldes von August von Wille, *"Münchhausens Ritt auf der Kanonenkugel"*, 1872, auf der Vorderseite): JS

Lektorat, Satz und Layout: Lars Penath, JS, Hans Ohnson, Karin Nowgo, Roland König, Marga Sadau, Paul Deros, Tom Timon

Herstellung, Verlag BoD - Books on Demand, Norderstedt

Made in Germany

ISBN 9783748140535

Inhalt

Über dieses Buch   4

Die Autoren   4

Der Übersetzer   4

Der Herausgeber   4

Impressum   6

Gottfried August Bürger: *Wunderbare Reisen zu Wasser und zu Lande*   11
Feldzüge und lustige Abenteuer des Freiherrn von Münchhausen

   Erstes Kapitel: Reise nach Rußland und St. Petersburg   13

Zweites Kapitel: Jagdgeschichten   16

Drittes Kapitel: Von Hunden und Pferden   22

Viertes Kapitel: Abenteuer im Krieg gegen die Türken   25

Fünftes Kapitel: Abenteuer während seiner Gefangenschaft bei den Türken   29

Sechstes Kapitel: Erstes Seeabenteuer   32

Siebentes Kapitel: Zweites Seeabenteuer   36

Achtes Kapitel: Drittes Seeabenteuer   37

Neuntes Kapitel: Viertes Seeabenteuer   39

Zehntes Kapitel: Fünftes Seeabenteuer   41

Elftes Kapitel: Sechstes Seeabenteuer   44

Zwölftes Kapitel: Siebentes Seeabenteuer   48

Dreizehntes Kapitel: Fortgesetzte Erzählung des Freiherrn   51

Vierzehntes Kapitel: Achtes Seeabenteuer   60

Fünfzehntes Kapitel: Neuntes Seeabenteuer   63

Sechzehntes Kapitel: Zehntes Seeabenteuer. Eine zweite Reise zum Mond   64

Siebzehntes Kapitel: Reise durch die Welt   68

Lukian von Samosata: *Wahre Geschichten*   77

   Der wahren Geschichte erstes Buch   79

    Vorwort [1-4]   79

     1. So wie die Athleten   79
     2. Für diesen Zweck der Erholung   79

     3. So hat Ktesias   79

     4. Ich gestehe   79

     5. Ich schiffte mich einstmals   80

     6. Den ersten Tag und die erste Nacht   80

7. Kaum mochten wir drei Stadien   80

8. Wir durchwateten den Fluss   81

9. Wir verließen sie und eilten   81

10. Sieben Tage und sieben Nächte   82

11. Wir waren schon entschlossen   82

12. „Wenn ich", setzte er hinzu   82

13. Der König behielt uns bei Tafel   83

14. Das waren also die Streitkräfte Endymions   83

15. Als es nun Zeit war   83

16. Auf dem feindlichen linken Flügel   84

17. Auf beiden Teilen wurde nun das Zeichen zum Angriff   84

18. Nach unserer Rückkehr von der Verfolgung   85

19. Sie fanden zwar nicht für gut   85

20. Zwischen den Helioten und ihren Alliierten   86

21. In Folge dieses Friedensvertrags   86

22. Nun einige Worte von den seltsamen Merkwürdigkeiten   86

23. Wenn ein Selenit alt geworden   87

24. Sie schnäuzen eine Art Honig   87

25. Die Kleider der Reichen sind aus Glas   87

26. Ein anderes großes Wunder   88

27. Wir verabschiedeten uns nun   88

28. Nachdem wir auf unserer Fahrt   88

29. Nun hatten sich auch die Geierritter   88

30. Welches unbeschreibliche Wonnegefühl   89

31. Anfänglich waren wir von der dichtesten Finsternis   89

32. Anfänglich wussten wir nichts zu tun   90

33. Wir verdoppelten also unsere Schritte   90

34. Der Alte wunderte sich höchlich   91

35. All dies könnten wir uns am Ende noch   91

36. So ist also dieses Land beschaffen   91

37. Wir waren auf diesen Angriff gefasst   92

38. Den Rest dieses Tages   92

39. Nach kurzer Zeit schickten sie Abgeordnete   92

40. Allein am fünfzehnten Tag des neunten Monats   93

41. Anfänglich sahen wir nur zwei oder drei solcher Inseln   93

42. Der Anführer des einen Teils 93
Der wahren Geschichte zweites Buch 94
1. Da mir aber dieses Leben im Bauch des Wallfischs 94
2. Da zogen wir das Schiff den Rachen herauf 94
3. Nachdem wir ungefähr dreihundert Stadien zurückgelegt 95
4. Nach einem Aufenthalt von fünf Tagen auf der Käseinsel 95
5. Und gerade vor uns 96
6. Bezaubert von all diesen Eindrücken 96
7. Die erste Sache, die zu entscheiden war 96
8. Der zweite Handel betraf eine Liebessache 97
9. Drittens ward entschieden eine Streitfrage 97
10. Nun kam die Reihe, vorzutreten, an uns 97
11. So wie dieses Urteil gesprochen war 97
12. Die Kleidung, deren sie sich bedienen 97
13. Die ganze Flur prangt daher mit Blumen 98
14. Die Mahlzeiten werden außerhalb der Stadt 98
15. Bei der Mahlzeit ergötzen sie sich an Gesang und Musik 98
16. Was aber am meisten diese Mahle erheitert 99
17. Nun will ich auch sagen, welche der namhaftesten Männer 99
18. Aristipp und Epikur gelten unter allen am meisten 99
19. Dies sind also ungefähr die denkwürdigsten Männer 99
20. Noch hatten wir nicht drei Tage hier zugebracht 100
21. Um eben dieselbe Zeit kam auch Pythagoras 100
22. Nach Ablauf einiger Zeit fand ein großes Festspiel 101
23. Kaum waren diese Spiele beendigt 101
24. Die Überwundenen wurden nun sämtlich festgenommen 101
25. Schon waren sechs Monate unseres Aufenthaltes bei den Seligen 102
26. Um Mitternacht erwacht Menelaos 102
27. Gegen uns aber wurde beschlossen 102
28. Zugleich zog er eine Malvenwurzel aus der Erde 103
29. Nachdem ich noch diesen Tag hier geblieben 103
30. Wir landeten, die übrigen beiseitelassend 103
31. Es führt nur eine einzige sehr schmale Brücke 104
32. Doch ich konnte diese Szenen nicht länger ertragen 104
33. Diese Stadt ist von einem dichten Wald 104

34. Die Träume selbst sind nach Gestalt und Natur 105
35. Nach drei Tagen landeten wir auf der Insel Ogygia 105
36. Unweit vom Ufer fanden wir die Grotte der Kalypso 105
37. Bei Tagesanbruch fuhren wir unter einem scharfen Wind ab 106
38. Inzwischen zogen wir das Segel auf und machten uns davon 106
39. Denn die Sonne war noch nicht untergegangen 106
40. Um Mitternacht bei vollkommen ruhiger See 106
41. Wir steuerten weiter 107
42. Noch waren wir nicht fünfhundert Stadien weitergekommen 107
43. Wie wir glücklich über den Wald 107
44. Von hier kamen wir in eine ruhige, stille See 108
45. Allmählich zeigten sich viele Fische 108
46. Gegen Abend landeten wir auf einem Eiland 109
47. Wir begaben uns ohne weiteren Verzug zu unserem Schiff 109
Schlussbemerkung [Das wären nun, bis zu dieser meiner Ankunft] 110
Nachwort des Herausgebers Joerg K. Sommermeyer 111
Münchhausen als Kürassier in Riga, um 1740 (Gemälde von G. Bruckner) 111
Gottfried August Bürger (Gemälde von Johann Heinrich Tischbein d. J., 1771) 114

Gottfried August Bürger

Wunderbare Reisen zu Wasser und zu Lande Feldzüge und lustige Abenteuer des

Freiherrn von Münchhausen,

wie er dieselben bei der Flasche im Zirkel seiner Freunde selbst zu erzählen pflegt

[Göttingen 1786]

Durchgesehen und revidiert von Joerg K. Sommermeyer

Erstes Kapitel
Reise nach Russland und St. Petersburg

Ich trat meine Reise nach Russland von Zuhause mitten im Winter an, weil ich ganz richtig schloss, dass Frost und Schnee die Wege durch die nördlichen Gegenden von Deutschland, Polen, Kur- und Livland, welche nach der Beschreibung aller Reisenden fast noch elender sind als die Wege zum Tempel der Tugend, endlich, ohne besondere Kosten hochpreislicher, wohlfürsorgender Landesregierungen, ausbessern müssten. Ich reiste zu Pferde, welches, wenn es sonst nur gut um Gaul und Reiter steht, die bequemste Art zu reisen ist. Denn man riskiert alsdann weder mit irgendeinem höflichen deutschen Postmeister eine Affaire d'honneur zu bekommen, noch von seinem durstigen Postillion in jede Schenke geschleppt zu werden. Ich war nur leicht bekleidet, welches ich als ziemlich übel empfand, je weiter ich nach Nordosten kam.

Nun kann man sich einbilden, wie bei so strengem Wetter, unter dem rauesten Himmelsstrich, einem armen, alten Manne zumute sein musste, der in Polen auf einem öden Anger, über den der Nordost hinschnitt, hilflos und schaudernd dalag und kaum etwas hatte, womit er seine Schamblöße bedecken konnte.

Der arme Teufel dauerte mich von ganzer Seele. Ob mir gleich selbst das Herz im Leibe fror, so warf ich dennoch meinen Reisemantel über ihn her. Plötzlich erscholl eine Stimme vom Himmel, die dieses Liebeswerk ganz ausnehmend herausstrich und mir zurief:»Hol' mich der Teufel, mein Sohn, das soll dir nicht unvergolten bleiben!«

Ich ließ das gut sein und ritt weiter, bis Nacht und Dunkelheit mich überfielen. Nirgends war ein Dorf zu hören noch zu sehen. Das ganze Land lag unter Schnee, und ich wusste weder Weg noch Steg.

Des Reitens müde, stieg ich endlich ab und band mein Pferd an eine Art von spitzem Baumstaken, der über dem Schnee hervorragte. Zur Sicherheit nahm ich meine Pistolen unter den Arm, legte mich nicht weit davon in den Schnee und tat ein so gesundes Schläfchen, dass mir die Augen nicht eher wieder aufgingen, als bis es heller lichter Tag war. Wie groß war aber mein Erstaunen, als ich fand, dass ich mitten in einem Dorf auf dem Kirchhof lag! Mein Pferd war anfänglich nirgends zu sehen; doch hörte ichs bald darauf irgendwo über mir wiehern. Als ich nun emporsah, wurde ich gewahr, dass es an den Wetterhahn des Kirchturms gebunden war und von da herunterhing. Nun wusste ich sogleich, wie ich dran war. Das Dorf war nämlich die Nacht über ganz zugeschneit gewesen; das Wetter hatte sich auf einmal umgesetzt, ich war im Schlaf nach und nach, so wie der Schnee zusammengeschmolzen war, ganz sanft herabgesunken, und was ich in der Dunkelheit für den Stummel eines Bäumchens, der über dem Schnee hervorragte, gehalten und daran mein Pferd gebunden, das war das Kreuz oder der Wetterhahn des Kirchturms gewesen.

Ohne mich nun lange zu bedenken, nahm ich eine von meinen Pistolen, schoss nach dem Halfter, kam glücklich auf die Art wieder an mein Pferd und setzte meine Reise fort.

Hierauf ging alles gut, bis ich nach Russland kam, wo es eben nicht Mode ist, des Winters zu Pferd zu reisen. Wie es nun immer meine Maxime ist, mich nach dem Bekannten »ländlich sittlich« zu richten, nahm ich dort einen kleinen Rennschlitten mit einem einzelnen Pferd und fuhr wohlgemut auf St. Petersburg los. Nun weiß ich nicht mehr recht, ob es in Estland oder in Ingermanland war, so viel aber besinne ich mich noch wohl, es war mitten in einem fürchterlichen Wald, als ich einen entsetzlichen Wolf mit aller Schnelligkeit des gefräßigsten Winterhungers hinter mir hersetzen sah. Er holte mich bald ein; es war schlechterdings unmöglich, ihm zu entkommen. Mechanisch legte ich mich platt auf den Schlitten und ließ mein Pferd zu unserm beiderseitigen Besten ganz allein agieren. Was ich zwar vermutete, aber kaum zu hoffen und zu erwarten wagte, das geschah gleich nachher. Der Wolf kümmerte sich nicht im mindesten um meine Wenigkeit, sondern sprang über mich hinweg, fiel wütend auf das Pferd, riss ab und verschlang auf einmal den ganzen Hinterteil des armen Tiers, welches vor Schrecken und Schmerz nur desto schneller lief. Wie ich nun auf die Art selbst so unbemerkt und gut davongekommen war, hob ich ganz verstohlen mein Gesicht und nahm mit Entsetzen wahr, dass der Wolf sich beinahe über und über in das Pferd hineingefressen hatte. Kaum aber hatte er sich so hübsch hineingezwängt, gerbte ich geschwind ihm tüchtig mit meiner Peitsche das Fell. Solch ein unerwarteter Überfall in diesem Futteral verursachte ihm keinen geringen Schreck, er strebte mit aller Macht vorwärts, der Leichnam des Pferdes fiel zu Boden, und siehe, an seiner Statt steckte mein Wolf in dem Geschirre. Ich meines Orts hörte gar nicht mehr auf zu peitschen, und wir langten in vollem Galopp gesund und wohlbehalten in St. Petersburg an, ganz gegen unsere beiderseitigen respektiven Erwartungen und zu nicht geringem Erstaunen aller Zuschauer.

Ich will Ihnen, meine Herren, mit Geschwätz von der Verfassung, den Künsten, Wissenschaften und andern Merkwürdigkeiten dieser prächtigen Hauptstadt Russlands keine Langeweile machen, viel weniger Sie mit allen Intrigen und lustigen Abenteuern der Gesellschaften von Geschmack, wo die Dame des Hauses den Gast allezeit mit einem Schnaps und Schmatz empfängt, unterhalten. Ich halte mich vielmehr an größere und edlere Ge-

14

genstände Ihrer Aufmerksamkeit, nämlich an Pferde und Hunde, wovon ich immer ein großer Freund gewesen bin; ferner an Füchse, Wölfe und Bären, von welchen, so wie von anderm Wildbret, Russland einen größeren Überfluss als irgendein Land auf Erden hat; endlich an solche Lustpartien, Ritterübungen und preisliche Taten, welche den Edelmann besser kleiden als ein bisschen muffiges Griechisch und Latein oder alle Riechsächelchen, Klunker und Kapriolen französischer Schöngeister und – Haarkräusler.

Da es einige Zeit dauerte, ehe ich bei der Armee angestellt werden konnte, hatte ich ein paar Monate lang vollkommene Muße und Freiheit, meine Zeit sowohl als auch mein Geld auf die adligste Art von der Welt zu verjunkerieren. Manche Nacht wurde beim Spiel zugebracht und viele beim Klang voller Gläser. Die Kälte des Landes und die Sitten der Nation haben der Bouteille unter den gesellschaftlichen Unterhaltungen in Russland einen viel höhern Rang zugewiesen als in unserm nüchternen Deutschland; und ich habe daher dort häufig Leute gefunden, die in der edlen Kunst zu trinken für wahre Virtuosen gelten konnten. Alle waren aber elende Stümper gegen einen graubärtigen, kupferfarbigen General, der mit uns an dem öffentlichen Tisch speiste. Der alte Herr, der seit einem Gefecht mit den Türken die obere Hälfte seines Hirnschädels vermisste und daher, sooft ein Fremder in die Gesellschaft kam, sich mit der artigsten Treuherzigkeit entschuldigte, dass er an der Tafel seinen Hut aufbehalten müsse, pflegte immer während dem Essen einige Flaschen Weinbranntwein zu leeren und dann gewöhnlich mit einer Bouteille Arrak den Beschluss oder nach Umständen einige Male da capo zu machen; und doch konnte man nicht ein einziges Mal auch nur so viel Betrunkenheit ihm anmerken. – Die Sache übersteigt Ihren Glauben. Ich verzeih' es Ihnen, meine Herren; sie überstieg auch meinen Begriff. Ich wusste lange nicht, wie ich sie mir erklären sollte, bis ich ganz von ungefähr den Schlüssel fand. – Der General pflegte von Zeit zu Zeit seinen Hut etwas zu heben.

Dies hatte ich oft gesehen, ohne deswegen Arg zu hegen. Dass es ihm warm vor der Stirn wurde, war natürlich, und dass er dann seinen Kopf lüftete, nicht minder. Endlich aber sah ich, dass er zugleich mit seinem Hut eine an demselben befestigte silberne Platte aufhob, die ihm statt des Hirnschädels diente, und dass alsdann immer aller Dunst der geistigen Getränke, die er zu sich genommen hatte, in einer leichten Wolke in die Höhe stieg. Nun war auf einmal das Rätsel gelöst. Ich sagte es ein paar guten Freunden und erbot mich, da es gerade Abend war, als ich die Bemerkung machte, die Richtigkeit derselben sogleich durch einen Versuch zu beweisen. Ich trat nämlich mit meiner Pfeife hinter den General und zündete, gerade als er den Hut niedersetzte, mit etwas Papier die aufsteigenden Dünste an; und nun sahen wir ein ebenso neues wie schönes Schauspiel. Ich hatte in einem Augenblick die Wolkensäule über dem Haupt unseres Helden in eine Feuersäule verwandelt, und derjenige Teil der Dünste, der noch zwischen den Haaren des Hutes verweilte, bildete in dem schönsten blauen Feuer einen Nimbus, prächtiger, als irgendeiner den Kopf des größten Heiligen umleuchtet hat. Mein Experiment konnte dem General nicht verborgen bleiben; er war aber so wenig ungehalten darüber, dass er uns vielmehr noch manchmal erlaubte, den Versuch zu wiederholen, der ihm ein so erhabenes Ansehen gab.

Zweites Kapitel

Jagdgeschichten

Ich übergehe manche lustige Auftritte, die wir bei dergleichen Gelegenheiten hatten, weil ich Ihnen noch verschiedene Jagdgeschichten zu erzählen gedenke, die mir merkwürdiger und unterhaltender scheinen. Sie können sich leicht vorstellen, meine Herren, dass ich mich immer vorzüglich zu solchen wackeren Kumpanen hielt, welche ein offenes, unbeschränktes Waldrevier gehörig zu schätzen wussten. Sowohl die Abwechslung des Zeitvertreibs, welchen dieses mir darbot, als auch das außerordentliche Glück, womit mir jeder Streich gelang, gereichen mir noch immer zur angenehmsten Erinnerung.

Eines Morgens sah ich durch das Fenster meines Schlafgemachs, dass ein großer Teich, der nicht weit davon lag, mit wilden Enten gleichsam überdeckt war. Flugs nahm ich mein Gewehr aus dem Winkel, sprang zur Treppe hinab, und das so über Hals und Kopf, dass ich unvorsichtigerweise mit dem Gesicht gegen den Türpfosten knallte. Feuer und Funken stoben mir aus den Augen; aber das hielt mich keinen Augenblick auf. Ich kam bald zum Schuss; allein wie ich anlegte, wurde ich zu meinem großen Verdruss gewahr, dass durch den soeben empfangenen heftigen Stoß sogar der Stein von dem Flintenhahn abgesprungen war. Was sollte ich nun tun? Denn Zeit war hier nicht zu verlieren. Glücklicherweise fiel mir ein, was sich soeben mit meinen Augen zugetragen hatte. Ich riss also die Pfanne auf, legte mein Gewehr gegen das wilde Geflügel an und ballte die Faust gegen eins von meinen Augen. Von einem derben Schlag flogen wieder Funken genug heraus, der Schuss ging los, und ich traf fünf Paar Enten, vier Rothälse und ein Paar Wasserhühner. Geistesgegenwart ist die Seele mannhafter Taten. Wenn Soldaten und Seeleute öfters dadurch glücklich davonkommen, so dankt der Weidmann ihr nicht seltener sein gutes Glück.

So schwammen einst auf einem Landsee, an welchen ich auf einer Jagd-streiferei geriet, einige Dutzend wilder Enten allzu weit voneinander zer-streut umher, als dass ich mehr denn eine einzige auf einen Schuss zu erle-gen hoffen konnte; und zum Unglück hatte ich meine letzte Kugel schon in der Flinte. Gleichwohl hätte ich sie gern alle gekriegt, weil ich nächstens eine ganze Menge guter Freunde und Bekannten bei mir zu bewirten willens war. Da besann ich mich auf ein Stückchen Schinkenspeck, welches von meinem mitgenommenen Mundvorrat in meiner Jagdtasche noch übrigge-blieben war. Dies befestigte ich an eine ziemlich lange Hundeleine, die ich aufdrehte und so wenigstens noch viermal verlängerte. Nun verbarg ich mich im Schilfgesträuch am Ufer, warf meinen Speckbrocken aus und hatte das Vergnügen, zu sehen, wie die nächste Ente hurtig herbeischwamm und ihn verschlang. Der ersten folgten bald alle übrigen nach, und da der glatte Brocken am Faden gar bald unverdaut hinten wieder herauskam, verschlang ihn die nächste, und so immer weiter. Kurz, der Brocken machte die Reise durch alle Enten samt und sonders hindurch, ohne von seinem Faden loszu-reißen. So saßen sie denn alle daran wie Perlen an der Schnur. Ich zog sie gar allerliebst ans Land, schlang mir die Schnur ein halbes Dutzend Mal um Schultern und Leib und ging meines Wegs nach Hause zu. Da ich noch eine ziemliche Strecke davon entfernt war und mir die Last von einer solchen Menge Enten ziemlich beschwerlich fiel, wollte es mir fast leid tun, ihrer allzu viele eingefangen zu haben. Da kam mir aber ein seltsamer Vorfall zu-statten, der mich anfangs in nicht geringe Verlegenheit setzte. Die Enten waren nämlich noch alle lebendig, fingen, als sie von der ersten Bestürzung sich erholt hatten, gar mächtig an mit den Flügeln zu schlagen und sich mit mir hoch in die Luft zu erheben. Nun wäre bei manchem wohl guter Rat teuer gewesen. Allein ich benutzte diesen Umstand, so gut ich konnte, zu meinem Vorteil und ruderte mich mit meinen Rockschößen in Richtung meiner Behausung durch die Luft. Als ich nun gerade über meiner Woh-nung angelangt war und es darauf ankam, ohne Schaden mich herunterzu-lassen, drückte ich einer Ente nach der andern den Kopf ein, sank dadurch ganz sanft und allmählich gerade durch den Schornstein meines Hauses mit-ten auf den Küchenherd, auf welchem zum Glück noch kein Feuer angezün-det war, zu nicht geringem Schreck und Erstaunen meines Koches.

Einen ähnlichen Vorfall hatte ich einmal mit einer Kette Hühner. Ich war ausgegangen, um eine neue Flinte zu probieren, und hatte meinen kleinen Vorrat von Schrot ganz und gar verschossen, als wider alles Vermuten vor meinen Füßen eine Flucht Hühner aufging. Der Wunsch, einige derselben abends auf meinem Tisch zu sehen, brachte mich auf einen Einfall, von dem Sie, meine Herren, auf mein Wort, im Falle der Not Gebrauch machen können. Sobald ich gesehen hatte, wo sich die Hühner niederließen, lud ich hurtig mein Gewehr und setzte statt des Schrots den Ladestock auf, den ich, so gut sichs in der Eile tun ließ, am obern Ende etwas zuspitzte. Nun ging ich auf die Hühner zu, drückte, sowie sie aufflogen, ab und hatte das Vergnügen, zu sehen, dass mein Ladestock mit sieben Stücken, die sich wohl wundern mochten, so früh am Spieße vereinigt zu werden, in einiger Entfernung allmählich heruntersank. – Wie gesagt, man muss sich nur in der Welt zu helfen wissen.

Ein anderes Mal stieß mir in einem ansehnlichen Wald von Russland ein wunderschöner schwarzer Fuchs auf. Es wäre jammerschade gewesen, seinen kostbaren Pelz mit einem Kugel- oder Schrotschuss zu durchlöchern. Herr Reineke stand dicht bei einem Baum. Sofort zog ich meine Kugel aus dem Lauf, lud dafür einen tüchtigen Brettnagel in mein Gewehr, feuerte und traf so gekonnt, dass ich seine Lunte fest an den Baum nagelte. Nun ging ich ruhig zu ihm hin, nahm mein Weidmesser, machte ihm einen Kreuzschnitt übers Gesicht, griff nach meiner Peitsche und karbatschte ihn so artig aus seinem schönen Pelz heraus, dass es eine wahre Lust und ein rechtes Wunder zu sehen war.

Zufall und gutes Glück machen oft manchen Fehler wieder wett. Davon erlebte ich bald nach diesem ein Beispiel, als ich mitten im tiefsten Wald einen wilden Frischling und eine Bache dicht hintereinander hertraben sah. Meine Kugel hatte gefehlt. Gleichwohl lief der Frischling vorn ganz allein weg, und die Bache blieb stehen, regungslos, als ob sie am Boden festgenagelt gewesen wäre. Wie ich das Ding näher untersuchte, fand ich, dass es eine blinde Bache war, die ihres Frischlings Schwänzlein im Rachen hielt, um von ihm aus kindlicher Pflicht fürbass geleitet zu werden. Da nun meine Kugel zwischen beiden hindurchgefahren war, hatte sie diesen Leitzaum zerrissen, wovon die alte Bache das eine Ende noch immer kaute. Weil ihr Leiter sie nicht weiter vorwärts gezogen hatte, war sie stehengeblieben. Ich ergriff daher das übrige Endchen von des Frischlings Schwanz und leitete daran das alte hilflose Tier ohne Mühe und Widerstand nach Hause.

So fürchterlich diese wilden Bachen oft sind, so sind die Keiler doch weit grausamer und gefährlicher. Ich traf einst einen im Wald, als ich unglücklicherweise weder auf Angriff noch Verteidigung gefasst war. Mit knapper Not konnte ich hinter einen Baum schlüpfen, als die wütende Bestie aus Leibeskräften einen Seitenhieb nach mir tat. Dafür fuhren aber auch seine Hauer dergestalt in den Baum hinein, dass er weder imstande war, sie sogleich wieder herauszuziehen, noch den Hieb zu wiederholen. – »Haha!« dachte ich, »nun wollen wir dich bald kriegen!« – Flugs nahm ich einen Stein, hämmerte damit drauflos und nietete seine Hauer dergestalt um, dass er ganz und gar nicht wieder loskommen konnte. So musste er sich denn geduldenden, bis ich vom nächsten Dorf Karren und Stricke herbeigeholt hatte, um ihn lebendig und wohlbehalten nach Hause zu schaffen, welches auch ganz vortrefflich vonstatten ging.

Sie haben unstreitig, meine Herren, von dem Heiligen und Schutzpatron der Weidmänner und Schützen, St. Hubert, nicht minder auch von dem stattlichen Hirsch gehört, der ihm einst im Wald aufstieß und welcher das heilige Kreuz zwischen seinem Geweih trug. Diesem Sankt habe ich noch alle Jahre mein Opfer in guter Gesellschaft dargebracht und den Hirsch wohl tausendmal sowohl in Kirchen abgemalt als auch in die Sterne seiner Ritter gestickt gesehen, sodass ich auf Ehre und Gewissen eines braven Weidmanns kaum zu sagen weiß, ob es entweder nicht vorzeiten solche Kreuzhirsche gegeben habe oder wohl gar noch heutigentags gebe. Doch lassen Sie sich vielmehr erzählen, was ich mit meinen eigenen Augen sah. Einst, als ich all mein Blei verschossen hatte, begegnete mir ganz wider mein Vermuten der stattlichste Hirsch auf der Welt. Er blickte mir so mir nichts dir nichts ins Aug', als ob ers auswendig gewusst hätte, dass mein Beutel leer war. Ruckzuck lud ich indessen meine Flinte mit Pulver und darüber her eine ganze Handvoll Kirschsteine, wovon ich, so hurtig sich das tun ließ, das Fleisch abgesogen hatte. Und so gab ich ihm die volle Ladung mitten auf seine Stirn zwischen das Geweih. Der Schuss betäubte ihn zwar – er taumelte –, machte sich aber doch aus dem Staub. Ein oder zwei Jahre darnach war ich in ebendemselben Wald auf der Jagd; und siehe, zum Vorschein kam ein stattlicher Hirsch, mit einem vollausgewachsenen Kirschbaum, mehr als zehn Fuß hoch, zwischen seinem Geweih. Mir fiel gleich mein voriges Abenteuer wieder ein; ich betrachtete den Hirsch als mein längst wohlerworbenes Eigentum und legte ihn mit einem Schuss zu Boden, wodurch ich auf einmal an Braten und Kirschtunke zugleich geriet. Denn der Baum hing reichlich voller Früchte, die ich in meinem ganzen Leben so delikat nicht gegessen hatte. Wer kann nun wohl sagen, ob nicht irgendein passionierter heiliger Weidmann, ein jagdlustiger Abt oder Bischof, das Kreuz auf eine ähnliche Art durch einen Schuss auf St. Huberts Hirsch zwischen das Gehörn gepflanzt hätte? Denn diese Herren waren ja von je und je wegen ihres Kreuz- und Hörnerpflanzens berühmt und sind es zum Teil noch bis auf den heutigen Tag. Im Falle der Not, und wenn es Aut oder Naut [Ought or nought] gilt, welches einem braven Weidmann nicht selten zustößt, greift er lieber wer weiß wonach und versucht eher alles, als dass er sich die günstige Gelegenheit durch die Lappen gehen lässt. Ich habe mich so manches liebe Mal selbst in einer solchen Lage der Versuchung befunden. Was sagen Sie zum Exempel von folgendem Kasus? – Mir waren einmal Tageslicht und Pulver in einem polnischen Wald ausgegangen. Als ich nach Hause spazierte, kam mir ein ganz entsetzlicher Bär mit offenem Rachen, bereit mich zu verschlingen, auf den Leib. Umsonst durchsuchte ich hastig alle meine Taschen nach Pulver und Blei. Nichts fand ich als zwei Flintsteine, die man für den Notfall wohl mitzunehmen pflegt. Davon warf ich einen mit aller Macht in den offenen Rachen des Ungeheuers, ganz seinen Schlund hinab. Wie ihm das nun nicht allzu wohl dünken mochte, machte mein Bär linksum, sodass ich den andern nach der Hinterpforte schleudern konnte. Wunderbar und herrlich ging alles vonstatten. Der Stein fuhr nicht nur hinein, sondern prallte auch mit dem andern Stein dergestalt zusammen, dass es Feuer gab und den Bär mit einem gewaltigen Knall auseinandersprengte. Man sagt, dass so ein wohlapplizierter Stein a posteriori, besonders wenn er mit einem a priori recht zusammenfuhr, schon manchen bärbeißigen Gelehrten und Philosophen in die Luft sprengte. – Obgleich ich doch dieses Mal mit heiler Haut davonkam, möchte ich das Stückchen nicht noch einmal machen oder mit einem Bär ohne andere Verteidigungsmittel anbinden.

Es war aber gewissermaßen recht mein Schicksal, dass die wildesten und gefährlichsten Bestien mich gerade alsdann angriffen, wenn ich außerstande war, ihnen die Stirn zu bieten, gleichsam als ob ihnen ihr Instinkt meine Wehrlosigkeit verraten hätte. So hatte ich einst gerade den Stein von meiner Flinte abgeschraubt, um ihn etwas zu schärfen, als plötzlich ein schreckliches Ungeheuer von einem Bären gegen mich anbrummte. Alles, was ich tun konnte, war, mich eiligst auf einen Baum zu flüchten, um dort mich zur Verteidigung zu rüsten. Unglücklicherweise aber fiel mir während des Hinaufkletterns mein Messer, das ich eben gebraucht hatte, herunter, und nun hatte ich nichts, um die Schraube, die sich ohnedies sehr schwer drehen ließ, zu schließen. Unten am Baum stand der Bär, und jeden Augenblick musste ich erwarten, dass er mir nachkommen würde. Mir Feuer aus den Augen zu schlagen, wie ich wohl ehemals getan, wollte ich nicht gern versuchen, weil mir, anderer Umstände, die im Weg standen, nicht zu gedenken, jenes Experiment heftige Augenschmerzen verursacht hatte, die noch nicht ganz vergangen waren. Voller Verlangen sah ich nach meinem Messer, das unten senkrecht im Schnee steckte; aber die sehnsuchtsvollsten Blicke machten die Sache um kein Härchen besser. Endlich hatte ich eine Idee, die so sonderbar wie glücklich war. Ich gab dem Strahl desjenigen Wassers, von dem man bei großer Angst immer großen Vorrat hat, eine solche Richtung, dass es gerade das Heft meines Messers traf. Die fürchterliche Kälte, die herrschte, machte, dass das Wasser sogleich gefror und in wenigen Augenblicken sich über meinem Messer eine Verlängerung von Eis bildete, die bis an die untersten Äste des Baumes reichte. Nun packte ich den aufgeschossenen

Stiel und zog ohne viel Mühe, aber mit desto mehr Behutsamkeit mein Messer zu mir herauf. Kaum hatte ich damit den Stein festgeschraubt, als Herr Petz angeklettert kam. Wahrhaftig, dachte ich, man muss so weise wie ein Bär sein, um den Zeitpunkt so gut abzupassen, und empfing Meister Braun mit einer so herzlich gemeinten Bescherung von Rollern, dass er auf ewig das Baumsteigen vergaß.

Ebenso schoss mir ein anderes Mal unversehens ein fürchterlicher Wolf so nahe auf den Leib, dass mir nichts weiter übrigblieb, als ihm, dem mechanischen Instinkt zufolge, meine Faust in den offenen Rachen zu stoßen. Gerade meiner Sicherheit wegen stieß ich immer weiter und weiter und brachte meinen Arm beinahe bis an die Schulter hinein. Was war aber nun zu tun? – Ich kann nicht sagen, dass mir diese unbehilfliche Situation besonders gefiel. – Man denke nur, Stirn gegen Stirn mit einem Wolf! – Wir äugelten uns eben nicht gar lieblich an. Hätte ich meinen Arm zurückgezogen, so wäre mir die Bestie nur desto wütender auf den Leib gesprungen. So viel ließ sich klar und deutlich aus seinen flammenden Augen herausbuchstabieren. Kurz, ich packte ihn beim Eingeweide, kehrte sein Äußeres zu innerst, wie einen Handschuh, um, schleuderte ihn zu Boden und ließ ihn da liegen.

Dies Stückchen hätte ich nun wieder nicht an einem tollen Hund probieren mögen, welcher bald darauf in einem engen Gässchen zu St. Petersburg gegen mich anrannte. »Lauf, was du kannst!« dachte ich. Um desto besser fortzukommen, warf ich meinen Überrock ab und rettete mich geschwind ins Haus. Den Rock ließ ich hernach durch meinen Bediensteten hereinholen und zu den andern Kleidern in die Garderobe hängen. Tags darauf geriet ich in gewaltigen Schrecken durch meines Johanns Geschrei: »Herrgott, Herr Baron, Ihr Überrock ist toll!« Ich sprang hurtig zu ihm hin und fand alle meine Kleider umhergezerrt und in Stücke zerrissen. Der Kerl hatte es aufs Haar getroffen, dass der Überrock toll sei. Ich kam gerade noch selbst dazu, wie er über ein schönes neues Galakleid herfiel und es auf eine gar unbarmherzige Weise schüttelte und zauste.

Drittes Kapitel

Von Hunden und Pferden des Freiherrn von Münchhausen

In allen diesen Fällen, meine Herren, wo ich freilich immer glücklich, aber doch nur immer mit knapper Not davonkam, half mir das Ungefähr, welches ich durch Tapferkeit und Gegenwart des Geistes zu meinem Vorteil lenkte. Alles zusammengenommen macht, wie jedermann weiß, den glücklichen Jäger, Seemann und Soldaten aus. Der aber würde ein sehr unvorsichtiger, tadelnswerter Weidmann, Admiral und General sein, der sich überall nur auf das Ungefähr oder sein Gestirn verlassen wollte, ohne sich weder um die besonders erforderlichen Kunstfertigkeiten zu bekümmern, noch sich mit denjenigen Werkzeugen zu versehen, die den guten Erfolg sichern. Ein solcher Tadel trifft mich keineswegs. Denn ich bin immer anerkannt gewesen sowohl wegen der Vortrefflichkeit meiner Pferde, Hunde und Gewehre als auch wegen der besondern Art, das alles zu handhaben, so dass ich mich wohl rühmen kann, in Forst, Wiese und Feld meines Namens Gedächtnis hinlänglich gestiftet zu haben. Ich will mich nun zwar nicht auf Partikularitäten von meinen Pferde- und Hundeställen oder meiner Gewehrkammer einlassen, wie Stall-, Jagd- und Hundejunker sonst wohl zu tun pflegen, aber zwei von meinen Hunden zeichneten sich so sehr in meinen Diensten aus, dass ich sie nie vergessen kann und ihrer bei dieser Gelegenheit mit wenigem erwähnen muss. Der eine war ein Hühnerhund, so unermüdlich, so aufmerksam, so vorsichtig, dass jeder, der ihn sah, mich darum beneidete. Tag und Nacht konnte ich ihn brauchen: wurd' es Nacht, so hing ich ihm eine Laterne an den Schwanz, und nun jagte ich so gut oder noch besser mit ihm als am hellen Tag. – Einst (es war kurz nach meiner Verheiratung) bezeugte meine Frau Lust, auf die Jagd zu gehen. Ich ritt voran, um etwas aufzuscheuchen, und es dauerte nicht lange, so stand mein Hund vor einer Kette von einigen hundert Hühnern. Ich warte und warte auf meine Frau, die mit meinem Leutnant und einem Reitknecht gleich nach mir weggeritten war; niemand aber war zu sehen und zu hören. Endlich werde ich unruhig, kehre um, und ungefähr auf der Hälfte des Weges höre ich ein äußerst klägliches Winseln. Es schien mir ziemlich nahe zu sein, und doch war weit und breit keine lebendige Seele zu sehen. Ich stieg ab, legte mein Ohr auf den Boden, und nun hörte ich nicht nur, dass dies Jammern unter der Erde war, sondern erkannte auch ganz deutlich die Stimme meiner Frau, meines Leutnants und meines Reitknechts. Zugleich sehe ich auch, dass nicht weit von mir die Öffnung einer Steinkohlengrube war, und es blieb mir nun leider kein Zweifel mehr, dass mein armes Weib und ihre Begleiter da hineingestürzt waren. Ich eilte in voller Karriere zum nächsten Dorf, um die Grubenleute zu holen, die endlich nach langer, höchst mühseliger Arbeit die Verunglückten aus einem neunzig Klafter tiefen Schacht zutage förderten. Erst brachten sie den Reitknecht, dann sein Pferd, dann den Leutnant, dann sein Pferd, dann meine Frau und zuletzt ihren türkischen Klepper. Das Wunderbarste bei der ganzen Sache war, dass Menschen und Pferde bei diesem ungeheuren Sturze, einige kleine Quetschungen abgerechnet, fast gar nicht beschädigt waren; desto mehr aber hatten sie durch die unaussprechliche Angst gelitten. An eine Jagd war nun, wie Sie sich leicht vorstellen können, nicht mehr zu denken; und da Sie, wie ich fast vermute, meinen Hund während dieser Erzählung vergessen haben, werden Sie mir es nicht übelnehmen, dass auch ich nicht mehr an ihn dachte. Mein Dienst nötigte mich, gleich am andern Morgen eine Reise anzutreten, von der ich erst nach vierzehn Tagen zurückkam. Ich war kaum einige Stunden wieder zu Hause, als ich meine Diane vermisste. Niemand hatte sich um sie bekümmert; meine Leute hatten sämtlich geglaubt, sie wäre mit mir gelaufen, und nun war sie zu meinem großen Leidwesen nirgends zu finden. – Endlich kam mir der Gedanke: sollte der Hund wohl gar noch bei den Hühnern sein? Hoffnung und Furcht jagten mich augenblicklich nach der Gegend hin, und siehe da, zu meiner unsäglichen Freude stand mein Hund noch auf derselben Stelle, wo ich ihn vor vierzehn Tagen verlassen hatte. »Piel!« rief ich, und sogleich! sprang er ein, und ich bekam auf einen Schuss fünfundzwanzig Hühner. Kaum aber konnte das arme Tier noch zu mir kriechen, so ausgehungert und abgemattet war es. Um ihn mit mir nach Hause bringen zu können, musste ich ihn auf mein Pferd nehmen, und Sie können sich leicht denken, dass ich mich mit der größten Freude dieser Unbequemlichkeit unterzog. Nach einer guten Pflege von wenigen Tagen war er wieder so frisch und munter als zuvor, und einige Wochen darauf machte er mir es möglich, ein Rätsel zu lösen, was mir ohne ihn wahrscheinlich ewig ungelöst hätte bleiben müssen.

Ich jagte nämlich zwei ganze Tage lang hinter einem Hasen her. Mein Hund brachte ihn immer wieder herum, aber nie konnte ich zum Schuss kommen. – An Hexerei zu glauben, ist meine Sache nie gewesen, dazu habe ich zu außerordentliche Dinge erlebt; allein hier war ich doch mit meinem Latein am Ende. Endlich kam mir aber doch der Hase so nah, dass ich ihn mit meinem Gewehr erreichen konnte. Er stürzte nieder, und was glauben Sie, was ich nun fand? – Vier Läufe hatte mein Hase unterm Leib und viere auf dem Rücken. Wurden die zwei unteren Paare müde, warf er sich wie ein geschickter Schwimmer, der auf Bauch und Rücken schwimmen kann, herum, und nun ging es mit den beiden oberen wieder mit verstärkter Geschwindigkeit fort. Nie habe ich später einen Hasen von dieser Art mehr gefunden und auch diesen würde ich nicht bekommen haben, wenn mein Hund nicht so ungemeine Vollkommenheiten gehabt hätte. Dieser aber übertraf sein ganzes Geschlecht so sehr, dass ich keine Bedenken tragen würde, ihm den Beinamen des *Einzigen* beizulegen, wenn nicht ein Windspiel, das ich hatte, ihm diese Ehre streitig machte. Das Tierchen war weniger wegen seiner Gestalt als wegen seiner außerordentlichen Schnelligkeit beispiellos. Hätten die Herren es gesehen, würden sie es gewiss bewundert und sich gar nicht verwundert haben, dass ich es so lieb hatte und so oft mit ihm jagte. Es lief so schnell, so oft und so lang in meinem Dienst, dass es sich die Beine bis ganz dicht unterm Leib wegrannte und ich es in seiner letzten Lebenszeit nur noch als Dachssucher gebrauchen konnte, in welcher Qualität es mir ebenfalls noch manch liebes Jahr diente.

Weiland noch als Windspiel – beiläufig zu melden, es war eine Hündin – setzte sie einst hinter einem Hasen her, der mir ganz ungewöhnlich dick vorkam. Es tat mir leid um meine arme Hündin, denn sie war mit Jungen trächtig und wollte doch ebenso schnell laufen wie sonst. Nur in sehr weiter Entfernung konnte ich zu Pferd folgen. Auf einmal hörte ich ein Gekläffe wie von einer ganzen Koppel Hunde, allein so schwach und zart, dass ich nicht wusste, was ich daraus machen sollte. Als ich näher trat, erlebte ich mein himmelblaues Wunder. Die Häsin hatte im Laufen gesetzt, und meine Hündin geworfen, und zwar jene gerade ebenso viel junge Hasen als diese junge Hunde. Instinktmäßig hatten jene die Flucht ergriffen, diese aber nicht nur gejagt, sondern auch gefangen. Dadurch gelangte ich am Ende dieser Jagd aufs Mal zu sechs Hasen und Hunden, obgleich ich doch nur mit einem einzigen angefangen hatte.

Ich gedenke dieser wunderbaren Hündin mit ebendem Vergnügen wie an ein vortreffliches litauisches Pferd, welches nicht mit Geld zu bezahlen war. Dies bekam ich durch einen Zufall, welcher mir Gelegenheit gab, meine Reitkunst zu meinem nicht geringen Ruhme zu präsentieren. Ich war nämlich einst auf dem prächtigen Landsitz des Grafen Przobofsky in Litauen und blieb im Staatszimmer bei den Damen zum Tee, indessen die Herren hinunter in den Hof gingen, um ein junges Pferd von Geblüt zu beschauen, welches soeben aus der Stuterei angelangt war. Plötzlich hörten wir einen Notschrei. – Ich eilte die Treppe hinab und fand das Pferd so wild und unbändig, dass niemand sich getraute, sich ihm zu nähern oder es zu besteigen. Bestürzt und verwirrt standen die mutigsten Reiter da; Angst und Besorgnis schwebte auf allen Gesichtern, als ich mit einem einzigen Sprung auf seinem Rücken saß und das Pferd durch diese Überraschung nicht nur in Schrecken versetzte, sondern es auch durch Anwendung meiner besten Reitkünste gänzlich zu Ruhe und Gehorsam brachte. Um dies den Damen noch besser zu zeigen und ihnen jede unnötige Besorgnis zu ersparen, zwang ich den Gaul, durch eins der offenen Fenster des Teezimmers mit mir hineinzusetzen. Hier ritt ich nun verschiedene Mal, bald Schritt, bald Trott, bald Galopp herum, setzte endlich sogar auf den Teetisch und machte da im kleinen überaus artig die ganze Schule durch, worüber sich dann die Damen ganz ausnehmend ergötzten. Mein Rösschen tat alles so bewundernswürdig geschickt, dass weder Kannen noch Tassen zerbrachen. Dies brachte mich bei den Damen und dem Herrn Grafen so hoch in Gunst, dass er mit seiner gewohnten Höflichkeit mich bat, das junge Pferd zum Geschenk von ihm anzunehmen und auf selbigem im Feldzug gegen die Türken, welcher binnen kurzem unter Führung des Grafen Münnich eröffnet werden sollte, auf Sieg und Eroberung auszureiten.

Viertes Kapitel
Abenteuer des Freiherrn von Münchhausen im Krieg gegen die Türken

Ein angenehmeres Geschenk hätte mir nun wohl nicht leicht gemacht werden können, besonders da es mir so viel Gutes von einem Feldzug weissagte, in welchem ich mein erstes Probestück als Soldat ablegen wollte. Ein Pferd, so gefügig, so mutvoll und feurig – Lamm und Bucephal zugleich –, musste mich allezeit an die Pflichten eines braven Soldaten und an die erstaunlichen Taten erinnern, welche der junge Alexander im Felde verrichtet hatte.

Wir zogen, wie es scheint, unter anderm auch in der Absicht zu Felde, um die Ehre der russischen Waffen, welche in dem Feldzug unter Zar Peter am Pruth ein wenig gelitten hatte, wiederherzustellen. Dieses gelang uns auch vollkommen durch verschiedene zwar mühselige, aber doch rühmliche Kampagnen unter Anführung des großen Feldherrn, dessen ich vorhin erwähnte.

Die Bescheidenheit verbietet es Subalternen, sich große Taten und Siege zuzuschreiben, wovon der Ruhm gemeiniglich den Anführern, ihrer Alltagsqualitäten ungeachtet, ja wohl gar verkehrt genug Königen und Königinnen zugesprochen wird, welche niemals anderes als Musterungspulver rochen, nie außer ihren Lustlagern ein Schlachtfeld, noch außer ihren Wachtparaden ein Heer in Schlachtordnung erblickten.

Ich mache also keinen besondern Anspruch auf die Ehre von unsern größern Affären mit dem Feind. Wir taten insgesamt unsere Schuldigkeit, welches in der Sprache des Patrioten, des Soldaten und kurz des braven Mannes ein sehr viel umfassender Ausdruck, ein Ausdruck von sehr wichtigem Inhalt und Belang ist, obgleich der große Haufen müßiger Kannegießer sich nur einen sehr geringen und ärmlichen Begriff davon machen mag. Da ich indessen ein Korps Husaren unter meinem Kommando hatte, ging ich auf verschiedene Expeditionen aus, wo das Verhalten meiner eigenen Klugheit und Tapferkeit überlassen war. Den Erfolg hiervon, denke ich denn doch, kann ich mit gutem Fug auf meine eigene und die Rechnung derjenigen braven Gefährten schreiben, die ich zu Sieg und Eroberung führte.

Einst, als wir die Türken in Oczakow hineintrieben, gings bei der Avantgarde sehr heiß her. Mein feuriger Litauer hätte mich beinahe in Teufels Küche gebracht. Ich hatte einen ziemlich entfernten Vorposten und sah den Feind in einer Wolke von Staub gegen mich anrücken, wodurch ich bezüglich seiner wahren Anzahl und Absicht gänzlich im Ungewissen blieb. Mich in eine ähnliche Wolke von Staub einzuhüllen, wäre freilich wohl ein Alltagspfiff gewesen, hätte mich aber ebenso wenig klüger gemacht wie überhaupt der Absicht näher gebracht, weshalb ich vorausgeschickt worden war. Ich ließ daher meine Flankeurs zur Linken und Rechten auf beiden Flügeln sich zerstreuen und so viel Staub erzeugen, wie sie nur immer konnten. Ich selbst aber ging gerade auf den Feind los, um ihn näher in Augenschein zu nehmen. Dies gelang mir. Denn er stand und focht nur so lange, bis die Furcht vor meinen Flankeurs ihn in Unordnung zurücktrieb. Nun wars Zeit, tapfer über ihn herzufallen. Wir zerstreuten ihn völlig, brachten ihm eine gewaltige Niederlage bei und trieben ihn nicht nur in seine Festung zu Loche, sondern auch durch und durch, ganz über und wider unsere blutgierigsten Erwartungen.

Weil nun mein Litauer so außerordentlich geschwind war, so war ich der Vorderste beim Nachsetzen, und da ich sah, dass der Feind so hübsch zum gegenseitigen Tor wieder hinausfloh, hielt ichs für ratsam, auf dem Marktplatz anzuhalten und dort zum Rendezvous blasen zu lassen. Ich hielt an, aber stellt euch, ihr Herren, mein Erstaunen vor, als ich weder Trompeter noch irgendeine lebendige Seele von meinen Husaren um mich sah. – »Sprengen sie etwa durch andere Straßen? Oder was ist aus ihnen geworden?« dachte ich. »Indessen konnten sie meiner Meinung nach unmöglich fern sein und mussten mich bald einholen. In dieser Erwartung ritt ich meinen atemlosen Litauer zu einem Brunnen auf dem Marktplatz und ließ ihn trinken. Er soff ganz unmäßig und mit einem Heißdurst, der gar nicht zu löschen war. Allein das ging ganz natürlich zu. Denn als ich mich nach meinen Leuten umsah, was meint ihr wohl, ihr Herren, was ich da erblickte? – Das ganze Hinterteil des armen Tiers, Kreuz und Lenden waren fort und wie rein abgeschnitten. So lief denn hinten das Wasser ebenso wieder heraus, als es von vorn hineingekommen war, ohne dass es dem Gaul zugute kam oder ihn erfrischte. Wie das zugegangen sein mochte, blieb mir ein völliges Rätsel, bis endlich mein Reitknecht von einer ganz entgegengesetzten Seite angejagt kam und unter einem Strom von treuherzigen Glückwünschen und kräftigen Flüchen mir folgendes zu vernehmen gab. Als ich pêle mêle mit dem fliehenden Feind hereingedrungen wäre, hätte man plötzlich das Schutzgatter fallen lassen, und dadurch wäre der Hinterteil meines Pferds rein abgeschlagen worden. Erst hätte besagter Hinterteil unter den Feinden, die ganz blind und taub gegen das Tor angestürzt wären, durch beständiges Ausschlagen die fürchterlichste Verheerung angerichtet, und dann wäre er siegreich zu einer nahegelegenen Weide gewandert, wo ich ihn wahrscheinlich noch finden würde. Ich drehte sogleich um, und in einem unvorstellbar schnellen Galopp brachte mich die Hälfte meines Pferdes, die noch übrig war, zur Weide hin. Zu meiner großen Freude fand ich hier die andere Hälfte gegenwärtig, und zu meiner noch größeren Verwunderung sah ich, dass sich dieselbe mit einer Beschäftigung amüsierte, die so gut gewählt war, dass bis jetzt noch kein Maître de Plaisir mit allem Scharfsinn imstande war, eine angemessenere Unterhaltung eines kopflosen Subjekts ausfindig zu machen. Mit einem Wort, der Hinterteil meines Wunderpferds hatte in den wenigen Augenblicken schon sehr vertraute Bekanntschaft mit den Stuten gemacht, die auf der Weide umherliefen, und schien bei den Vergnügungen seines Harems alle ausgestandene Ungemach zu vergessen. Hierbei kam nun freilich der Kopf so wenig in Betracht, dass selbst die Fohlen, die dieser Erholung ihr Dasein zu danken hatten, unbrauchbare Missgeburten waren, denen all das fehlte, was bei ihrem Vater, als er sie zeugte, vermisst wurde.

Da ich so unwiderlegliche Beweise hatte, dass in beiden Hälften meines Pferdes Leben sei, ließ ich sogleich unsern Kurschmied rufen. Dieser heftete, ohne sich lang zu besinnen, beide Teile mit jungen Lorbeersprösslingen, die gerade zur Hand waren, zusammen. Die Wunde heilte glücklich, und es begab sich etwas, das nur einem so ruhmreichen Pferd begegnen konnte. Die Sprossen schlugen Wurzeln in seinem Leib, wuchsen empor und wölbten eine Laube über mir, sodass ich hernach manch ehrlichen Ritt sowohl im Schatten meiner als auch meines Rosses Lorbeern tun konnte.

Eine kleine Ungelegenheit bei dieser Affäre will ich nur beiläufig erwähnen. Ich hatte so heftig, so lang, so unermüdlich auf den Feind losgehauen, dass mein Arm dadurch endlich in eine unwillkürliche Bewegung des Hauens geraten war, als der Feind schon längst über alle Berge war. Um mich nun nicht selbst oder meine Leute, die mir zu nah kamen, für nichts und wider nichts zu prügeln, sah ich mich genötigt, meinen Arm an die acht Tage lang ebenso gut in der Binde zu tragen, als ob er mir halb abgehauen gewesen wäre.

Einem Mann, meine Herren, der einen Gaul, wie mein Litauer es war, zu reiten vermochte, können Sie freilich noch ein anderes Voltigier- und Reiterstückchen zutrauen, welches aber vielleicht ein wenig fabelhaft klingen möchte. Wir belagerten nämlich, ich weiß nicht mehr welche Stadt, und dem Feldmarschall war ganz erstaunlich viel an genauer Kundschaft gelegen, wie die Sachen in der Festung stünden. Es schien äußerst schwer, ja fast unmöglich, durch alle Vorposten, Wachen und Festungswerke hineinzugelangen, auch war eben kein tüchtiges Subjekt vorhanden, wodurch man so etwas glücklich auszurichten hätte hoffen können. Vor Mut und Diensteifer fast ein wenig allzu rasch stellte ich mich neben eine der größten Kanonen, die soeben auf die Festung abgefeuert ward, und sprang im Hui auf die Kugel, in der Absicht, mich in die Festung hineintragen zu lassen. Als ich aber halbwegs durch die Luft geritten war, stiegen mir allerlei nicht unerhebliche Bedenklichkeiten zu Kopf. »Hm«, dachte ich, »hinein kommst du nun wohl, allein wie hernach wieder heraus? Und wie kanns dir in der Festung ergehen? Man wird dich sogleich als Spion erkennen und an den nächsten Galgen hängen. Ein solches Bett der Ehre wollte ich mir denn doch wohl verbitten.« Nach diesen und ähnlichen Betrachtungen entschloss ich mich kurz, nahm die glückliche Gelegenheit wahr, als eine Kanonenkugel aus der Festung einige Schritte weit vor mir vorüber zu unserm Lager flog, sprang von der meinigen auf diese hinüber und kam, zwar unverrichteter Dinge, jedoch wohlbehalten bei den lieben Unsrigen wieder an.

So leicht und geschickt ich im Springen war, so war es auch mein Pferd. Weder Graben noch Zäune hielten mich jemals ab, überall den geradesten Weg zu reiten. Einst setzte ich darauf hinter einem Hasen her, der querfeldein über die Heerstraße lief. Eine Kutsche mit zwei schönen Damen fuhr diesen Weg gerade zwischen mir und dem Hasen vorbei. Mein Gaul setzte so schnell und ohne Anstoß mitten durch die Kutsche hindurch, wovon die Fenster aufgezogen waren, dass ich kaum Zeit hatte, meinen Hut zu lüften und die Damen wegen dieser Freiheit untertänigst um Verzeihung zu bitten.

Ein andres Mal wollte ich über einen Morast setzen, der mir anfänglich nicht so breit vorkam, als ich ihn fand, da ich mitten im Sprunge war. Schwebend in der Luft wendete ich daher wieder um, wo ich hergekommen war, um einen größern Anlauf zu nehmen. Gleichwohl sprang ich auch zum zweiten Male noch zu kurz und fiel nicht weit vom andern Ufer bis an den Hals in den Morast. Hier hätte ich unfehlbar umkommen müssen, wenn nicht die Stärke meines eigenen Arms mich an meinem eigenen Haarzopf, samt dem Pferd, welches ich fest zwischen meine Knie schloss, wieder herausgezogen hätte.

Fünftes Kapitel

Abenteuer des Freiherrn von Münchhausen während seiner Gefangenschaft bei den Türken. Er kehrt in seine Heimat zurück

Trotz all meiner Tapferkeit und Klugheit, trotz meiner und meines Pferds Gewandtheit und Stärke gings mir im Türkenkrieg doch nicht immer nach Wunsch. Ich hatte sogar das Unglück, durch die Menge übermannt und zum Kriegsgefangenen gemacht zu werden. Ja, was noch schlimmer war, aber doch immer unter Türken üblich ist, ich wurde als Sklave verkauft. In diesem Stande der Demütigung war mein Tagwerk nicht sowohl hart und sauer als vielmehr seltsam und verdrießlich. Ich musste nämlich des Sultans Bienen jeden Morgen auf die Weide treiben, sie daselbst den ganzen Tag lang hüten und dann gegen Abend wieder zurück in ihre Stöcke bringen. Eines Abends vermisste ich eine Biene, wurde aber sogleich gewahr, dass zwei Bären sie angefallen hatten und ihres Honigs wegen zerreißen wollten. Da ich nichts anderes Waffenähnliches in Händen hatte als die silberne Axt, welche Kennzeichen der Gärtner und Landarbeiter des Sultans ist, warf ich diese nach den beiden Räubern, bloß in der Absicht, sie damit wegzuscheuchen. Die arme Biene setzte ich auch wirklich dadurch in Freiheit; allein durch einen unglücklichen, allzu starken Schwung meines Arms flog die Axt in die Höhe und hörte nicht auf zu steigen, bis sie auf dem Mond niederfiel. Wie sollte ich sie nun wiederkriegen? Mit welcher Leiter auf Erden sie herunterholen? Da fiel mir ein, dass die türkischen Bohnen sehr geschwind und zu einer ganz erstaunlichen Höhe emporwüchsen. Augenblicklich pflanzte ich also eine solche Bohne, welche wirklich emporwuchs und sich an eines von des Mondes Hörnern von selbst anrankte. Nun kletterte ich getrost zum Mond empor, wo ich auch glücklich anlangte. Es war ein ziemlich mühseliges Stückchen Arbeit, meine silberne Axt an einem Ort wiederzufinden, wo alle anderen Dinge gleichfalls wie Silber glänzten. Endlich aber fand ich sie doch auf einem Haufen Spreu und Häckerling. Nun wollte ich wieder zurückkehren, aber ach, die Sonnenhitze hatte indessen meine Bohne ausgetrocknet, so dass daran schlechterdings nicht wieder herabzusteigen war. Was war nun zu tun? – Ich flocht mir einen Strick von dem Häckerling, so lang ich ihn nur immer machen konnte. Diesen befestigte ich an eines von des Mondes Hörnern und ließ mich daran herunter. Mit der rechten Hand hielt ich mich fest, und in der linken führte ich meine Axt. Sowie ich nun eine Strecke hinuntergeglitten war, hieb ich immer das überflüssige Stück über mir ab und knüpfte dasselbe unten wieder an, wodurch ich dann ziemlich weit heruntergelangte. Dieses wiederholte Abhauen und Anknüpfen machte nun freilich den Strick ebenso wenig besser, als es mich völlig herab auf des Sultans Landgut brachte. Ich mochte wohl noch ein paar Meilen weit droben in den Wolken sein, als mein Strick auf einmal riss und ich mit solcher Heftigkeit herab auf Gottes Erdboden stürzte, dass ich ganz betäubt davon wurde. Durch die Schwere meines von einer solchen Höhe herabsausenden Körpers bohrte ich ein Loch, wenigstens neun Klafter tief, in die Erde hinein. Ich erholte mich zwar endlich wieder, wusste aber nun nicht, wie ich wieder herauskommen sollte. Allein was tut man nicht in Not? Ich grub mir mit meinen Nägeln, deren Wuchs damals vierzigjährig war, eine Art von Treppe und förderte mich dadurch glücklich zutage.

Durch diese mühselige Erfahrung klüger gemacht, fing ichs nachher besser an, die Bären, die so gern meinen Bienen und den Honigstöcken nachstiegen, loszuwerden. Ich bestrich die Deichsel eines Ackerwagens mit Honig und legte mich nicht weit davon des Nachts in einen Hinterhalt. Was ich vermutete, geschah. Ein ungeheurer Bär, herbeigelockt vom Duft des Honigs, kam an und fing vorn an der Spitze der Stange so begierig an zu lecken, dass er sich die ganze Stange durch Schlund, Magen und Bauch bis hinten wieder hinausleckte. Als er sich nun so artig auf die Stange hinaufgeleckt hatte, lief ich hinzu, steckte vorn durch das Loch der Deichsel einen langen Pflock, verwehrte dadurch dem Nascher den Rückzug und ließ ihn sitzen bis zum nächsten Morgen. Über dies Stückchen wollte sich der Großsultan, der von ungefähr vorbeispazierte, fast totlachen.

Nicht lange hierauf schlossen die Russen mit den Türken Frieden, und ich wurde nebst andern Kriegsgefangenen wieder nach St. Petersburg entlassen. Ich nahm aber nun meinen Abschied und verließ Russland um die Zeit der großen Revolution vor etwa vierzig Jahren, da der Kaiser in der Wiege nebst seiner Mutter und ihrem Vater, dem Herzog von Braunschweig, dem Feldmarschall von Münnich und vielen andern nach Sibirien verbannt wurden. Es herrschte damals über ganz Europa ein so außerordentlich strenger Winter, dass die Sonne eine Art von Frostschaden erlitten haben muss, woran sie seit der ganzen Zeit bis auf den heutigen Tag gesiecht hat. Ich empfand daher auf der Rückreise in mein Vaterland weit größeres Ungemach, als ich auf meiner Hinreise nach Russland erfahren.

Ich musste, weil mein Litauer in der Türkei geblieben war, mit der Post reisen. Als sichs nun fügte, dass wir zu einem engen hohlen Weg zwischen hohen Dornhecken kamen, erinnerte ich den Postillion, mit seinem Horn ein Zeichen zu geben, damit wir in diesem engen Pass nicht etwa gegen ein anderes entgegenkommendes Fuhrwerk stoßen mochten. Mein Kerl setzte an und blies aus Leibeskräften ins Horn, aber alle seine Bemühungen waren umsonst. Nicht ein einziger Ton erklang, was uns ganz unerklärlich, ja in der Tat ein rechtes Unglück schien, weil uns bald eine andere Kutsche entgegenfuhr, an der nun schlechterdings nicht vorbeizukommen war. Nichtsdestoweniger sprang ich aus meinem Wagen und spannte zuvörderst die Pferde aus. Hierauf nahm ich den Wagen nebst den vier Rädern und allen Packereien auf meine Schultern und sprang damit über Ufer und Hecke, ungefähr neun Fuß hoch, welches in Rücksicht auf das Gewicht der Kutsche keine Kleinigkeit war, aufs Feld hinüber. Durch einen Rücksprung gelangte ich, an der fremden Kutsche vorüber, wieder auf den Weg. Darauf eilte ich zurück zu unsern Pferden, nahm unter jeden Arm eins und holte sie auf die vorige Art, nämlich durch einen zweimaligen Sprung hinüber und herüber, gleichfalls herbei, ließ wieder anspannen und gelangte glücklich am Ende der Station zur Herberge. Ich hätte noch anführen sollen, dass eins von den Pferden, welches sehr mutig und nicht über vier Jahre alt war, ziemlichen Unfug machen wollte. Denn als ich meinen zweiten Sprung über die Hecke tat, verriet es durch sein Schnauben und Trampeln großes Missbehagen gegenüber dieser heftigen Bewegung. Dies verwehrte ich ihm aber gar bald, indem ich seine Hinterbeine in meine Rocktasche steckte. In der Herberge erholten wir uns wieder von unserm Abenteuer. Der Postillion hängte sein Horn an einen Nagel beim Küchenfeuer, und ich setzte mich zu ihm.

Nun hört, ihr Herren, was geschah! Auf einmal gings: Tereng! tereng! teng! teng! Wir machten große Augen und erkannten nun auf einmal die Ursache, warum der Postillion sein Horn nicht hatte blasen können. Die Töne waren im Horn festgefroren und kamen nun, so wie sie nach und nach auftauten, hell und klar zu nicht geringer Ehre des Fuhrmanns heraus. Denn die ehrliche Haut unterhielt uns nun eine ziemliche Zeitlang mit der herrlichsten Modulation, ohne den Mund ans Horn zu bringen. Da hörten wir den preußischen Marsch – Ohne Lieb und ohne Wein – Als ich auf meiner Bleiche – Gestern Abend war Vetter Michel da – nebst vielen andern Stückchen, auch sogar das Abendlied: Nun ruhen alle Wälder. – Mit diesem letzten endete dann dieser Tauspaß, so wie hiermit meine russische Reisegeschichte.

Manche Reisende sind bisweilen imstande, mehr zu behaupten, als genau genommen wahr sein mag. Daher ist es denn kein Wunder, wenn Leser oder Zuhörer ein wenig zum Unglauben geneigt werden. Sollten indessen einige von der Gesellschaft an meiner Wahrhaftigkeit zweifeln, so muss ich sie wegen ihrer Ungläubigkeit herzlich bemitleiden und sie bitten, sich lieber zu entfernen, ehe ich meine Schiffsabenteuer beginne, die zwar fast noch wunderbarer, aber doch ebenso authentisch sind.

Sechstes Kapitel
Erstes Seeabenteuer

Gleich die erste Reise, die ich in meinem Leben machte, geraume Zeit vor der russischen, von der ich eben einige Merkwürdigkeiten erzählt habe, war eine Reise zur See.

Ich stand, wie mein Onkel, der schwarzbärtigste Husarenoberst, den ich je gesehen habe, mir oft zuzuschnurren pflegte, noch mit den Gänsen im Prozesse, und man hielt es noch für unentschieden, ob der weiße Flaum an meinem Kinn Keim von Daunen oder von einem Bart wäre, als schon Reisen das einzige Dichten und Trachten meines Herzens war. Da mein Vater teils selbst eine ehrliche Portion seiner früheren Jahre mit Reisen zugebracht hatte, teils manchen Winterabend durch die aufrichtige und ungeschminkte Erzählung seiner Abenteuer verkürzte, von denen ich Ihnen vielleicht in der Folge noch einige zum besten gebe, kann man jene Neigung bei mir wohl mit ebenso gutem Grund für angeboren als auch für eingeflößt halten. Genug, ich ergriff jede Gelegenheit, die sich bot oder nicht, meiner unüberwindlichen Begierde, die Welt zu sehen, Befriedigung zu erbetteln oder zu ertrotzen; allein vergebens. Gelang es mir auch mal, bei meinem Vater eine kleine Bresche zu schlagen, leisteten Mama und Tante desto heftigeren Widerstand, und in wenigen Augenblicken war alles, was ich durch die überlegtesten Angriffe gewonnen hatte, wieder verloren. Endlich fügte sichs, dass einer meiner mütterlichen Verwandten uns besuchte. Ich wurde bald sein Liebling: er sagte mir oft, ich wäre ein hübscher, munterer Junge, und er wolle alles mögliche tun, mir zur Erfüllung meines sehnlichsten Wunsches behilflich zu sein. Seine Beredsamkeit war wirksamer als die meinige, und nach vielen Vorstellungen und Gegenvorstellungen, Einwendungen und Widerlegungen wurde endlich zu meiner unaussprechlichen Freude beschlossen, dass ich ihn auf einer Reise nach Ceylon, wo sein Onkel viele Jahre Gouverneur gewesen war, begleiten sollte.

Wir segelten mit wichtigen Aufträgen Ihrer Hochmögenden, der Staaten von Holland, von Amsterdam ab. Unsere Reise hatte, wenn ich einen außerordentlichen Sturm abrechne, nichts Besonderes. Dieses Sturmes aber muss ich seiner wunderbaren Folgen wegen mit ein paar Worten gedenken. Er kam auf, gerade als wir bei einer Insel vor Anker lagen, um uns mit Holz und Wasser zu versorgen, und tobte mit solcher Heftigkeit, dass er eine große Menge Bäume von ungeheurer Dicke und Höhe mit den Wurzeln aus der Erde riss und durch die Luft schleuderte. Ungeachtet einige dieser Bäume mehrere hundert Zentner schwer waren, sahen sie doch wegen ihrer unermesslichen Höhe – denn sie waren wenigstens fünf Meilen über der Erde –

nicht größer aus als kleine Vogelfederchen, die bisweilen in der Luft umherfliegen. Indes, sowie der Orkan sich legte, fiel jeder Baum senkrecht in seine Stelle und schlug sogleich wieder Wurzel, so dass kaum eine Spur von Verwüstung zu sehen war. Nur der größte machte hiervon eine Ausnahme. Als er durch die plötzliche Gewalt des Sturmes aus der Erde gerissen wurde, saß gerade ein Mann mit seinem Weib auf den Ästen desselben und pflückte Gurken; denn in diesem Teil der Welt wächst diese herrliche Frucht auf Bäumen. Das ehrliche Paar machte so geduldig wie Blanchards Hammel die Luftreise mit, veranlasste aber durch seine Schwere, dass der Baum sowohl von seiner Richtung zu seinem vorigen Platz abwich, als auch in horizontaler Lage herunterkam. Nun hatte, so wie die meisten Einwohner dieser Insel, auch ihr allergnädigster Kazike während des Sturms seine Wohnung verlassen, aus Furcht, unter den Trümmern derselben begraben zu werden, und wollte gerade wieder durch seinen Garten zurückgehen, als dieser Baum niedersauste und ihn, glücklicherweise, auf der Stelle totschlug. – »Glücklicherweise?« – Ja, ja, glücklicherweise. Denn, meine Herren, der Kazike war, mit Erlaubnis zu melden, der abscheulichste Tyrann, und die Einwohner der Insel, selbst seine Günstlinge und Mätressen nicht ausgenommen, die elendesten Geschöpfe unterm Monde. In seinen Vorratshäusern verfaulten die Lebensmittel, während seine Untertanen, denen sie abgepresst waren, vor Hunger verschmachteten. Seine Insel hatte keinen auswärtigen Feind zu fürchten; dessen ungeachtet nahm er jeden jungen Kerl, prügelte ihn höchsteigenhändig zum Helden und verkaufte von Zeit zu Zeit seine Kollektion dem meistbietenden benachbarten Fürsten, um zu den Millionen Muscheln, die er von seinem Vater geerbt hatte, neue Millionen zu legen. – Man sagte uns, er habe diese unerhörten Grundsätze von einer Reise, die er in den Norden gemacht habe, mitgebracht; eine Behauptung, auf deren Widerlegung wir uns, all des Patriotismus ungeachtet, schon deswegen nicht einlassen konnten, weil bei diesen Insulanern eine Reise in den Norden ebenso wohl eine Reise nach den Kanarischen Inseln als eine Spazierfahrt nach Grönland bedeutet; und eine bestimmtere Erklärung mochten wir aus mehreren Gründen nicht verlangen.

Zur Dankbarkeit für den großen Dienst, den das Gurken pflückende Paar, obgleich nur zufälligerweise, seinen Mitbürgern erwiesen hatte, wurde es von diesen auf den ledigen Thron gesetzt. Zwar waren diese guten Leutchen auf ihrer Luftfahrt dem großen Licht der Welt so nah gekommen, dass sie das Licht ihrer Augen und überdies eine kleine Portion ihres innern Lichts dabei zugesetzt hatten; allein nichtsdestoweniger regierten sie so löblich, dass, wie ich in der Folge erfuhr, niemand Gurken aß, ohne zu sprechen: Gott erhalte den Kaziken.

Nachdem wir unser Schiff, das von diesem Sturm nicht wenig beschädigt war, wieder ausgebessert und uns vom neuen Monarchen und seiner Gemahlin beurlaubt hatten, segelten wir mit ziemlichem Winde los und kamen nach sechs Wochen glücklich in Ceylon an.

Es mochten ungefähr vierzehn Tage seit unserer Ankunft verstrichen sein, als mir der älteste Sohn des Gouverneurs den Vorschlag machte, mit ihm auf die Jagd zu gehen, was ich auch herzlich gern annahm. Mein Freund war ein großer, starker Mann und an die Hitze jenes Klimas gewöhnt; ich aber wurde in kurzer Zeit und bei ganz mäßiger Bewegung so matt, dass ich, als wir in den Wald gekommen waren, weit hinter ihm zurückblieb.

Ich wollte mich eben am Ufer eines reißenden Stroms, der schon einige Zeit meine Aufmerksamkeit beschäftigt hatte, niedersetzen, um mich etwas auszuruhen, als ich auf einmal auf dem Weg, den ich gekommen war, ein Geräusch hörte. Ich sah zurück und wurde fast versteinert, als ich einen ungeheuren Löwen erblickte, der gerade auf mich zukam und mich nicht undeutlich merken ließ, dass er gnädigst geruhe, meinen armen Leichnam als sein Frühstück zu verzehren, ohne sich auch nur meine Einwilligung auszubitten. Meine Flinte war bloß mit Hasenschrot geladen. Langes Besinnen erlaubte mir weder die Zeit noch meine Verwirrung. Doch entschloss ich mich, auf die Bestie zu feuern, in der Hoffnung, sie zu schrecken, vielleicht auch zu verwunden. Allein da ich in der Angst nicht einmal wartete, bis mir der Löwe in Schussweite geriet, wurde er dadurch nur wütend und kam nun mit aller Heftigkeit auf mich zu. Mehr instinktiv als vernünftig versuchte ich ein Ding der Unmöglichkeit: zu entfliehen. Ich drehte mich um, und – mir läuft noch, sooft ich daran denke, ein kalter Schauder über den Leib – wenige Schritte vor mir steht ein scheußliches Krokodil, das schon fürchterlich seinen Rachen aufsperrte, um mich zu verschlingen.

Stellen Sie sich, meine Herren, das Grauenhafte meiner Lage vor! Hinter mir der Löwe, vor mir das Krokodil, zu meiner Linken ein reißender Strom, zu meiner Rechten ein Abgrund, in dem, wie ich dann hörte, die giftigsten Schlangen wohnten.

Betäubt – und das wäre selbst einem Herkules in dieser Situation nicht übelzunehmen – stürze ich zu Boden. Jeder Gedanke, den meine Seele noch vermochte, war die entsetzliche Erwartung, jetzt gleich die Zähne oder Klauen des wütenden Raubtiers zu spüren oder im Rachen des Krokodils zu stecken. Doch nach wenigen Sekunden hörte ich einen massiven, freilich fremden Laut. Ich wage endlich, meinen Kopf zu heben und mich umzuschauen, und – was meinen Sie? – zu meiner unaussprechlichen Freude entdecke ich, dass der Löwe in der Hitze, in der er auf mich losschoss, in ebendem Moment, in dem ich niederstürzte, über mich weg in den Rachen des

Krokodils geschnellt war. Der Kopf des einen steckte nun im Schlund des andern, und sie strebten mit aller Macht, sich voneinander loszureißen. Gerade noch zu rechter Zeit sprang ich auf, zog meinen Hirschfänger, und mit einem Streich haute ich den Kopf des Löwen ab, sodass der Rumpf zu meinen Füßen zuckte. Darauf rammte ich mit dem untern Ende meiner Flinte den Kopf noch tiefer in den Rachen des Krokodils, das nun jämmerlich ersticken musste.

Bald nachdem ich diesen vollkommenen Sieg über zwei fürchterliche Feinde erfochten hatte, kam mein Freund, um zu sehen, was die Ursache meines Zurückbleibens wäre. Nach gegenseitigen Glückwünschen maßen wir das Krokodil und fanden es genau vierzig Pariser Fuß sieben Zoll lang.

Sobald wir dem Gouverneur dieses außerordentliche Abenteuer erzählt hatten, schickte er einen Wagen mit einigen Leuten und ließ die beiden Tiere zu seinem Haus holen. Aus dem Fell des Löwen musste mir ein dortiger Kürschner Tabaksbeutel verfertigen, von denen ich etliche meinen Bekannten auf Ceylon verehrte. Die übrigen schenkte ich bei unserer Rückkunft nach Holland den Bürgermeistern, die mir ein Gegengeschenk von tausend Dukaten geben wollten, welches ich nur mit viel Mühe ablehnen konnte.

Die Haut des Krokodils wurde auf die übliche Art ausgestopft und brilliert nun als eine der größten Merkwürdigkeiten im Museum zu Amsterdam, wo der Präsentator die ganze Geschichte jedem, den er herumführt, erzählt. Dabei macht er dann freilich immer einige Zusätze, von denen manche Wahrheit und Wahrscheinlichkeit in hohem Grade beleidigen. So pflegt er zum Exempel zu sagen, dass der Löwe durch das Krokodil hindurchgesprungen sei und eben bei der Hintertür habe entwischen wollen, als Monsieur, der weltberühmte Baron, wie er mich zu nennen beliebt, den Kopf, sowie er herausflutschte, und mit ihm drei Fuß vom Schwanz des Krokodils abgehauen hätte. Das Krokodil, fährt der Kerl bisweilen fort, blieb beim Verlust seines Schwanzes nicht gleichgültig, drehte sich um, riss Monsieur den Hirschfänger aus der Hand und verschlang ihn mit solcher Hitze, dass er mitten durch das Herz des Ungetüms fuhr und es auf der Stelle sein Leben verlor.

Ich brauche Ihnen nicht zu sagen, meine Herren, wie unangenehm mir die Unverschämtheit dieses Schurken sein muss. Leute, die mich nicht kennen, werden durch dergleichen handgreifliche Lügen in unserm zweifelsüchtigen Zeitalter leicht veranlasst, selbst der Wahrheit meiner wirklichen Taten zu misstrauen, was einen Kavalier von Ehre im höchsten Grade kränkt und beleidigt.

Siebentes Kapitel
Zweites Seeabenteuer

Im Jahr 1766 schiffte ich mich zu Portsmouth auf einem englischen Kriegs-schiffe erster Ordnung, mit hundert Kanonen und vierzehnhundert Mann, nach Nordamerika ein. Ich könnte hier zwar erst noch allerlei, was mir in England passiert ist, erzählen; ich spare es aber auf für ein anderes Mal. Eins jedoch, welches mir überaus artig vorkam, will ich nur noch im Vor-beigehen streifen. Ich hatte das Vergnügen, den König mit großem Pomp in seinem Staatswagen zum Parlament fahren zu sehen. Ein Kutscher mit ei-nem ungemein respektablen Bart, worein das englische Wappen sehr sauber geschnitten war, saß gravitätisch auf dem Bock und klatschte mit seiner Peitsche ein ebenso deutliches als künstliches [Georg Rex] –

Unsere Seereise betreffend, widerfuhr uns nichts Merkwürdiges, bis wir ungefähr noch dreihundert Meilen vom St. Lorenzfluss entfernt waren. Hier stieß das Schiff mit erstaunlicher Gewalt gegen etwas, das uns wie ein Fels vorkam. Gleichwohl konnten wir, als wir das Senkblei auswarfen, mit fünf-hundert Klaftern noch keinen Grund finden. Was diesen Vorfall noch wun-derbarer und beinahe unbegreiflich machte, war, dass wir unser Steuerruder verloren, das Bugspriet mitten entzweibrachen und alle unsere Masten von oben bis unten zersplitterten, wovon auch zwei über Bord stoben. Ein armer Teufel, welcher gerade oben das Hauptsegel beilegte, flog wenigstens drei Meilen weit vom Schiff weg, ehe er ins Wasser fiel. Allein er rettete noch dadurch glücklich sein Leben, dass er, während er flog, den Schwanz einer Rotgans ergriff, welches nicht nur seinen Sturz ins Wasser milderte, sondern ihm auch Gelegenheit bot, auf ihrem Rücken oder vielmehr zwischen Hals und Fittichen so lange nachzuschwimmen, bis er endlich wieder an Bord ge-nommen werden konnte. Ein anderer Beweis von der Gewalt des Stoßes war dieser, dass alles Volk im Innern des Kahns empor gegen die Decken ge-schnellt ward. Mein Kopf ward dadurch ganz in den Magen hinabgepufft, und es dauerte wohl einige Monate, ehe er seine natürliche Stellung wieder einnahm. Noch befanden wir uns insgesamt in einem Zustand des Erstau-nens und einer allgemeinen unbeschreiblichen Verwirrung, als sich auf ein-mal alles durch die Erscheinung eines großen Walfisches aufklärte, welcher an der Oberfläche des Wassers, sich sömmernd, eingeschlafen war. Dies Ungeheuer war so übel damit zufrieden, dass wir es mit unserm Schiff ge-stört hatten, dass es nicht nur mit seinem Schwanz die Galerie und einen Teil des Oberlofs einschlug, sondern auch zu gleicher Zeit den Hauptanker, welcher wie gewöhnlich am Steuer aufgewunden war, zwischen seine Zäh-ne packte und wenigstens sechzig Meilen weit, sechs Meilen auf eine Stunde gerechnet, mit unserm Schiff davoneilte. Gott weiß, wohin wir gezogen sein würden, wenn nicht noch glücklicherweise das Ankertau gerissen wäre, wodurch der Walfisch unser Schiff, wir aber auch zugleich unsern Anker verloren. Als wir aber sechs Monate hierauf wieder nach Europa zurücksegelten, fanden wir eben denselben Walfisch in einer Entfernung weniger Meilen von eben der Stelle tot auf dem Wasser schwimmen, und er maß ungelogen der Länge nach wenigstens eine halbe Meile. Da wir nun von einem so ungeheuren Tier nur wenig an Bord nehmen konnten, setzten wir unsere Boote aus, schnitten ihm mit großer Mühe den Kopf ab und fanden zu unserer großen Freude nicht nur unsern Anker, sondern auch über vierzig Klafter Tau, welches auf der linken Seite seines Rachens in einem hohlen Zahne steckte. Dies war der einzige besondere Umstand, der sich auf dieser Reise zutrug. Doch halt! eine Fatalität hätte ich beinahe vergessen. Als nämlich das erste Mal der Walfisch mit dem Schiff davonschwamm, leckte das Schiff, und das Wasser drang so heftig herein, dass alle unsere Pumpen uns keine halbe Stunde vor dem Sinken hätten bewahren können. Zum guten Glück entdeckte ich das Unheil zuerst. Es war ein großes Loch, ungefähr ein Fuß im Durchmesser. Auf allerlei Weise versuchte ich, das Loch zu verstopfen, allein vergeblich. Endlich rettete ich dies schöne Schiff und seine zahlreiche Mannschaft durch den glücklichsten Einfall von der Welt. Ob das Loch gleich so groß war, füllte ichs dennoch mit meinem Liebwertesten aus, ohne meine Beinkleider auszuziehen; und ich würde ausgelangt haben, wenn auch die Öffnung noch viel größer gewesen wäre. Sie werden sich darüber nicht wundern, meine Herren, wenn ich Ihnen sage, dass ich auf beiden Seiten von holländischen, wenigstens westfälischen Vorfahren abstamme. Meine Situation, solange ich auf der Brille saß, war zwar ein wenig kühl, indessen ward ich doch bald durch die Kunst des Zimmermannes erlöst.

Achtes Kapitel

Drittes Seeabenteuer

Einst war ich in großer Gefahr, im Mittelmeer umzukommen. Ich badete nämlich an einem Sommernachmittag unweit Marseille in der angenehmen See, als ich einen großen Fisch mit weit aufgesperrtem Rachen in der größten Geschwindigkeit auf mich daherschießen sah. Zeit war hier schlechterdings nicht zu verlieren, auch war es durchaus unmöglich, ihm zu entkommen. Unverzüglich drückte ich mich so klein zusammen wie möglich, indem ich meine Füße heraufzog und die Arme dicht an den Leib schloss. In dieser Stellung schlüpfte ich dann gerade zwischen seinen Kiefern hindurch bis in den Magen hinab. Hier brachte ich, wie man sich leicht denken kann, einige Zeit in gänzlicher Finsternis, aber doch in einer nicht unbehaglichen Wärme zu. Da ich ihm nach und nach Magendrücken verursachen mochte, wäre er mich wohl gern wieder los gewesen. Weil es mir gar nicht an Raume fehlte, spielte ich ihm auf Tritt und Schritt, durch Hopp und He gar manche Possen. Nichts schien ihn aber mehr zu beunruhigen als die schnelle Bewegung meiner Füße, da ichs versuchte, einen schottischen Triller zu tanzen. Ganz entsetzlich schrie er auf und hob sich fast senkrecht mit seinem halben Leib aus dem Wasser. Hierdurch ward er aber vom Volk eines vorbeisegelnden italienischen Kauffahrteischiffs entdeckt und in wenigen Minuten mit Harpunen erlegt. Sobald er an Bord gebracht war, hörte ich die Leute beratschlagen, wie sie ihn aufschneiden wollten, um die größte Quantität Öl zu gewinnen. Da ich Italienisch verstand, geriet ich in die peinlichste Angst, dass ihre Messer auch mich par compagnie mit aufschneiden möchten. Daher stellte ich mich so weit als möglich in die Mitte des Magens, worin für mehr als ein Dutzend Mann hinlänglich Platz war, weil ich mir wohl einbilden konnte, dass sie mit den Extremitäten den Anfang machen würden. Meine Furcht verschwand indessen bald, da sie mit der Öffnung des Unterleibs anfingen. Sobald ich nur ein wenig Licht schimmern sah, schrie ich ihnen aus voller Lunge entgegen, wie angenehm es mir wäre, die Herren zu sehen und durch sie aus einer Lage erlöst zu werden, in welcher ich beinahe erstickt wäre. Unmöglich lässt sich das Staunen auf allen Gesichtern lebhaft genug schildern, als sie eine Menschenstimme aus einem Fisch heraus vernahmen. Dies wuchs natürlich noch, als sie lang und breit einen nackenden Menschen herausspazieren sahen. Kurz, meine Herren, ich erzählte ihnen die ganze Begebenheit, so wie ich sie Ihnen jetzt erzählt habe, worüber sie sich dann alle fast zu Tode verwundern wollten.

Nachdem ich einige Erfrischungen zu mir genommen hatte und in die See gesprungen war, um mich abzuspülen, schwamm ich zu meinen Kleidern, welche ich auch am Ufer ebenso wiederfand, wie ich sie verlassen hatte. Soviel ich rechnen konnte, war ich ungefähr drittehalb [zweieinhalb] Stunden im Magen dieser Bestie eingekerkert gewesen.

Neuntes Kapitel
Viertes Seeabenteuer

Als ich noch in türkischen Diensten war, belustigte ich mich öfters in einer Lustbarke auf dem Mare di Marmora, von wo man die herrlichste Aussicht auf ganz Konstantinopel, das Seraglio des Großsultans mit eingeschlossen, genießt. Eines Morgens, als ich die Schönheit und Heiterkeit des Himmels betrachtete, bemerkte ich ein rundes Ding, ungefähr wie eine Billardkugel groß, in der Luft, von welchem noch etwas anderes herunterhing. Ich griff sogleich nach meiner besten und längsten Vogelflinte, ohne welche, wenn ichs vermeiden kann, ich niemals ausgehe oder fortreise, lud sie und feuerte nach dem runden Ding in der Luft; allein umsonst. Ich wiederholte den Schuss mit zwei Kugeln, richtete aber immer noch nichts aus. Erst der dritte Schuss, mit vier oder fünf Kugeln, machte an einer Seite ein Loch und brachte das Ding herab. Stellen Sie sich meine Verwunderung vor, als ein niedlich vergoldeter Wagen, hängend an einem ungeheuren Ballon, größer als die größte Turmkuppel im Umfang, ungefähr zwei Klafter weit von meiner Barke heruntersank. Im Wagen befand sich ein Mann und ein halbes Schaf, welches gebraten zu sein schien. Sobald sich mein erstes Erstaunen gelegt hatte, schloss ich mit meinen Leuten um diese seltsame Gruppe einen dichten Kreis.

Dem Mann, der wie ein Franzose aussah, welches er dann auch war, hingen aus jeder Tasche ein paar prächtige Uhrketten mit Berlocken, worauf, wie mich dünkt, große Herren und Damen gemalt waren. Aus jedem Knopfloch baumelte ihm eine goldene Medaille, wenigstens hundert Dukaten an Wert, und an jeglichem seiner Finger steckte ein kostbarer Ring mit Brillanten. Seine Rocktaschen waren mit vollen Goldbörsen beschwert, die ihn fast zur Erde zogen. Mein Gott, dachte ich, der Mann muss dem menschlichen Geschlecht außerordentlich wichtige Dienste geleistet haben, dass die großen Herren und Damen ganz wider ihre heutzutage allgemeine Knickernatur ihn so mit Geschenken, die es zu sein schienen, beschweren konnten. Bei alledem befand er sich dann doch gegenwärtig von dem Fall so übel, dass er kaum imstande war, ein Wort herauszubringen. Nach einiger Zeit erholte er sich wieder und stattete mir folgenden Bericht ab. »Dieses Luftfuhrwerk hatte ich zwar weder Kopf noch Wissenschaft genug selbst zu erfinden, dennoch aber mehr als überflüssige Luftspringer- und Seiltänzerwaghalsigkeit zu besteigen und darauf mehrmals in die Luft emporzufahren. Vor ungefähr sieben oder acht Tagen – denn ich habe meine Rechnung verloren – erhob ich mich damit auf der Landspitze von Cornwall in England und nahm ein Schaf mit, um von oben herab vor den Augen vieler tausend Nachgaffer

Kunststücke damit zu machen. Unglücklicherweise drehte der Wind inner-halb von zehn Minuten nach meinem Hinaufsteigen; und anstatt mich nach Exeter zu treiben, wo ich wieder zu landen gedachte, ward ich hinaus zur See geflogen, über welcher ich auch vermutlich die ganze Zeit her in der unermesslichen Höhe geschwebt habe. Es war gut, dass ich zu meinem Kunststückchen mit dem Schaf nicht hatte gelangen können. Denn am drit-ten Tag meiner Luftfahrt wurde mein Hunger so groß, dass ich mich genö-tigt sah, das Schaf zu schlachten. Als ich nun damals unendlich hoch über dem Mond war und nach einer sechzehnstündigen noch weiteren Auffahrt endlich der Sonne so nahe kam, dass ich mir die Augenbrauen versengte, legte ich das tote Schaf, nachdem ich es vorher abgehäutet, an denjenigen Ort im Wagen, wo die Sonne die meiste Kraft hatte oder, mit andern Wor-ten, wo der Ballon keinen Schatten warf, auf welche Weise es dann in un-gefähr drei Viertel Stunden gar briet. Von diesem Braten habe ich die ganze Zeit gelebt.«

Hier hielt mein Mann ein und schien sich in Betrachtung der Gegenstände um ihn herum zu vertiefen. Als ich ihm sagte, dass die Gebäude da vor uns das Seraglio des Großherrn zu Konstantinopel wären, schien er außerordent-lich bestürzt, indem er sich ganz woanders zu befinden geglaubt hatte. –

»Die Ursache meines langen Flugs«, bekannte er endlich, »war, dass mir ein Faden riss, der an einer Klappe in dem Luftball saß und dazu diente, die inflammable Luft herauszulassen. Wäre nun nicht auf den Ball gefeuert und derselbe dadurch aufgerissen worden, möchte er wohl wie Mahomet bis zum Jüngsten Tag zwischen Himmel und Erde geschwebt haben.« Den Wa-gen schenkte er hierauf großmütig meinem Bootsmann, der hinten am Steu-er stand. Den Hammelbraten warf er ins Meer. Was aber den Luftball be-trifft, so war der von dem Schaden, welchen ich ihm zugefügt hatte, beim Herabfallen ganz und gar in Stücke zerrissen.

Zehntes Kapitel
Fünftes Seeabenteuer

Da wir noch Zeit haben, meine Herren, eine frische Flasche auszutrinken, so will ich Ihnen noch eine andere sehr seltsame Begebenheit erzählen, die mir wenige Monate vor meiner letzten Rückreise nach Europa begegnete. Der Großherr, welchem ich durch die römisch-russisch-kaiserlichen wie auch französischen Botschafter vorgestellt worden war, bediente sich meiner, ein Geschäft von großer Wichtigkeit in Großkairo zu betreiben, welches zugleich so beschaffen war, dass es immer und ewig ein Geheimnis bleiben müsste.

Ich reiste mit großem Pomp in einem sehr zahlreichen Gefolge zu Lande ab. Unterwegs hatte ich Gelegenheit, meine Dienerschaft um einige sehr brauchbare Subjekte zu vermehren. Denn als ich kaum einige Meilen weit von Konstantinopel entfernt sein mochte, sah ich einen kleinwüchsigen, schmächtigen Menschen mit großer Schnelligkeit querfeldein rennen, und gleichwohl trug das Männchen an jedem Bein ein bleiernes Gewicht, an die fünfzig Pfund schwer. Verwundert von diesem Anblick rief ich ihn an und fragte: »Wohin, wohin so schnell, mein Freund? Und warum erschwerst du dir deinen Lauf mit einer solche Last?« – »Ich rannte«, versetzte der Läufer, »vor einer halben Stunde aus Wien, wo ich bisher bei einer vornehmen Herrschaft in Diensten stand und heute meinen Abschied nahm. Ich denke an Konstantinopel, um daselbst wieder anzukommen. Durch die Gewichte an meinen Beinen habe ich meine Schnelligkeit, die jetzt nicht nötig ist, ein wenig vermindern wollen. Denn moderata durant, pflegte weiland mein Präzeptor zu sagen.« – Dieser Asahel gefiel mir nicht übel; ich fragte ihn, ob er bei mir in Dienst treten wollte, und er war dazu bereit. Wir zogen hierauf weiter durch manche Stadt, durch manches Land. Nicht fern vom Weg auf einem schönen Grasrain lag mäuschenstill ein Kerl, als ob er schliefe. Allein das tat er nicht. Er hielt vielmehr sein Ohr so aufmerksam zur Erde, als hätte er die Einwohner der untersten Hölle behorchen wollen. – »Was horchst du da, mein Freund?« – »Ich horche da zum Zeitvertreib aufs Gras und höre, wie es wächst.« – »Und kannst du das?« – »O Kleinigkeit!« – »So tritt in meine Dienste, Freund, wer weiß, was es bisweilen nicht zu horchen geben kann.« – Mein Kerl sprang auf und folgte mir. Nicht weit davon auf einem Hügel stand mit angelegtem Gewehr ein Jäger und knallte in die blaue, leere Luft. – »Glück zu, Glück zu, Herr Weidmann! Doch wonach schießest du? Ich sehe nichts als blaue, leere Luft.« – »O, ich versuchte nur dies neue Kuchenreutersche Gewehr. Dort auf der Spitze des Münsters zu Straßburg saß ein Sperling, den schoss ich eben jetzt herab.« Wer meine Passion für das edle Weid- und Schützenwerk kennt, den wird es nicht wundernehmen, dass ich dem vortrefflichen Schützen sogleich um den Hals fiel. Dass ich nichts sparte, auch ihn in meine Dienste zu ziehen, versteht sich von selbst. Wir zogen darauf weiter durch manche Stadt, durch manches Land und kamen endlich vor dem Berg Libanon vorbei. Daselbst vor einem großen Zedernwald stand ein derber, untersetzter Kerl und zog an einem Strick, der um den ganzen Wald herumgeschlungen war. »Was ziehst du da, mein Freund?« fragte ich den Kerl. – »O, ich soll Bauholz holen und habe meine Axt zu Hause vergessen. Nun muss ich mir so gut helfen, wie es angehen will.« Mit diesen Worten zog er in einem Ruck den ganzen Wald, eine Quadratmeile groß, wie einen Schilfbusch vor meinen Augen nieder. Was ich tat, lässt sich leicht erraten. Ich hätte den Kerl nicht fahren lassen, und hätte er mich mein ganzes Ambassadeursgehalt gekostet. Als ich hierauf fürbass und endlich auf ägyptischen Grund und Boden kam, blies ein so ungeheurer Sturm, dass ich mit all meinen Wagen, Pferden und Gefolge schier umgerissen und in die Luft davongeführt zu werden fürchtete. Zur linken Seite unseres Weges standen sieben Windmühlen in einer Reihe, deren Flügel so schnell um ihre Achsen schwirrten wie ein Rockenspindel der schnellsten Spinnerin. Nicht weit davon zur Rechten stand ein Kerl von Sir John Falstaffs Korpulenz und hielt sein rechtes Nasenloch mit seinem Zeigefinger zu. Sobald der Kerl unsere Not und uns so kümmerlich in diesem Sturme haspeln sah, drehte er sich halb um, machte Front gegen uns und zog ehrerbietig, wie ein Musketier vor seinem Obersten, den Hut vor mir. Auf einmal regte sich kein Lüftchen mehr, und alle sieben Windmühlen standen plötzlich still. Erstaunt über diesen Vorfall, der nicht natürlich zuzugehen schien, brüllte ich den Unhold an: »Kerl, was ist das? Sitzt dir der Teufel im Leib, oder bist du der Teufel selbst?« – »Um Vergebung, Ihro Exzellenz!«, antwortete mir der Mensch; »ich mache da nur meinem Herrn, dem Windmüller, ein wenig Wind. Um nun die sieben Windmühlen nicht ganz und gar umzublasen, musste ich mir wohl das eine Nasenloch zuhalten.« – Ei, ein vortreffliches Subjekt! dachte ich im Stillen. Der Kerl lässt sich gebrauchen, wenn du dereinst nach Hause kommst und dirs an Atem fehlt, all die Wunderdinge zu erzählen, die dir auf deinen Reisen zu Land und Wasser aufgestoßen sind. Wir wurden bald des Handels einig. Der Windmacher ließ seine Mühlen stehen und folgte mir.

Nachgerade wars nun Zeit, in Großkairo anzulangen. Sobald ich daselbst meinen Auftrag nach Wunsch ausgerichtet hatte, gefiel es mir, mein ganzes unnützes Gesandtengefolge außer meinen neuangenommenen nützlichern Subjekten zu verabschieden und mit diesen als bloßer Privatmann zurückzureisen. Da nun das Wetter gar herrlich und der berühmte Nilstrom über alle

42

Beschreibung reizend war, geriet ich in Versuchung, eine Barke zu mieten und bis Alexandrien auf dem Wasser zu reisen. Das ging nun ganz vortrefflich bis zum dritten Tag. Sie haben, meine Herren, vermutlich schon mehrfach von den jährlichen Überschwemmungen des Nils gehört. Am dritten Tage, wie gesagt, fing der Nil ganz unbändig an zu schwellen, und am folgenden Tag war links und rechts das ganze Land viele Meilen weit und breit überschwemmt. Am fünften Tag nach Sonnenuntergang verhedderte sich meine Barke auf einmal in etwas, das ich für Ranken und Strauchwerk hielt. Sobald es aber am nächsten Morgen heller ward, fand ich mich überall von Mandeln umgeben, welche vollkommen reif und ganz vortrefflich waren. Als wir das Senkblei auswarfen, fand sich, dass wir wenigstens sechzig Fuß hoch über dem Boden schwebten und schlechterdings weder vor- noch rückwärts konnten. Ungefähr gegen acht oder neun Uhr, soweit ich das aus dem Sonnenstand entnehmen konnte, toste plötzlich ein Wind, der unsere Barke ganz auf eine Seite umlegte. Hierdurch schöpfte sie Wasser, versank, und ich hörte und sah lange Zeit nichts wieder davon, wie Sie gleich vernehmen werden. Glücklicherweise retteten wir uns alle, nämlich acht Männer und zwei Knaben, indem wir uns an den Bäumen festhielten, deren Zweige zwar für uns nicht aber für die Last unserer Barke genügten. In dieser Situation blieben wir drei Wochen und drei Tage und lebten ganz allein von Mandeln. Dass es am Trunke nicht fehlte, versteht sich von selbst. Am zweiundzwanzigsten Tag unseres Unsterns fiel das Wasser wieder ebenso schnell, wie es gestiegen war; und am sechsundzwanzigsten konnten wir wieder auf terra firma fußen.

Unsere Barke war der erste angenehme Gegenstand, den wir erblickten. Sie lag ungefähr zweihundert Klafter weit von dem Ort, wo sie gesunken war. Nachdem wir nun alles, was uns nötig und nützlich war, an der Sonne getrocknet hatten, versahen wir uns mit dem Notwendigsten aus unserem Schiffsvorrat und machten uns auf, unsere verlorene Straße wiederzugewinnen. Nach der genauesten Berechnung fand sich, dass wir an die hundertundfünfzig Meilen weit über Gartenwände und mancherlei Gehege hinweggetrieben waren. In sieben Tagen erreichten wir den Fluss, der nun wieder in seinem Bett strömte, und erzählten unser Abenteuer einem Bey. Liebreich half dieser allen unseren Bedürfnissen ab und sandte uns in einer von seinen eigenen Barken weiter. In ungefähr sechs Tagen langten wir in Alexandrien an, allwo wir uns nach Konstantinopel einschifften. Ich wurde vom Großherrn überaus gnädig empfangen und hatte die Ehre, seinen Harem zu sehen, wo seine Hoheit selbst mich hineinzuführen und so viele Damen, selbst die Weiber nicht ausgenommen, anzubieten geruhten, als ich mir nur immer zu meinem Vergnügen auslesen wollte.

Mit meinen Liebesabenteuern pflege ich nie großzutun, daher wünsche ich Ihnen, meine Herren, jetzt eine angenehme Ruhe.

Elftes Kapitel

Sechstes Seeabenteuer

Nach Beendigung der ägyptischen Reisegeschichte wollte der Baron aufbrechen und zu Bett gehen, gerade als die erschlaffende Aufmerksamkeit jedes Zuhörers bei Erwähnung des großherrlichen Harems in neue Spannung geriet. Sie hätten gar zu gern noch etwas von dem Harem gehört. Da aber der Baron sich durchaus nicht darauf einlassen und gleichwohl der mit Bitten auf ihn losstürmenden muntern Zuhörerschaft nicht alles abschlagen wollte, gab er noch einige Stückchen seiner merkwürdigen Dienerschaft zum besten und fuhr in seiner Erzählung also fort:

Beim Großsultan galt ich seit meiner ägyptischen Reise alles in allem. Seine Hoheit konnten gar nicht ohne mich leben und baten mich jeden Mittag und Abend zu sich zum Essen. Ich muss bekennen, meine Herren, dass der türkische Kaiser unter allen Potentaten auf Erden den delikatesten Tisch führt. Jedoch ist dies nur von den Speisen, nicht aber von den Getränken zu verstehen, da, wie Sie wissen werden, Mohameds Gesetz seinen Anhängern Wein verbietet. Auf ein gutes Glas Wein muss man also an öffentlichen türkischen Tafeln verzichten. Was indessen nicht öffentlich geschieht, das geschieht nicht selten heimlich; und des Verbots ungeachtet weiß mancher Türke so gut wie der beste deutsche Prälat, dass ein gutes Glas Wein schmeckt. Das war nun auch der Fall mit Seiner türkischen Hoheit. Bei der öffentlichen Tafel, an welcher gewöhnlich der türkische Generalsuperintendent, nämlich der Mufti, in partem salarii mitspeiste und vor Tische das Aller Augen – nach Tische aber das Gratias beten musste, wurde des Weines auch nicht mit einer einzigen Silbe gedacht. Nach aufgehobener Tafel aber wartete auf Seine Hoheit gemeiniglich ein gutes Fläschchen im Kabinett. Einst gab der Großsultan mir einen verstohlenen freundlichen Wink, ihm in sein Kabinett zu folgen. Als wir uns nun daselbst eingeschlossen hatten, holte er aus einem Schränkchen eine Flasche hervor und sprach: »Münchhausen, ich weiß, ihr Christen versteht euch auf ein gutes Glas Wein. Da habe ich noch ein einziges Fläschchen Tokaier. So delikat müsst Ihr ihn in Eurem Leben nicht getrunken haben.« Hierauf schenkten Seine Hoheit sowohl mir als sich eins ein und stießen mit mir an. – »Nun, was sagt Ihr? Gelt! es ist was Extrafeines?« – »Das Weinchen ist gut, Ihro Hoheit«, erwiderte ich; »allein mit Ihrer Erlaubnis muss ich doch sagen, dass ich ihn in Wien beim hochseligen Kaiser Karl dem Sechsten weit besser getrunken habe. Potz Stern! den sollten Ihro Hoheit einmal versuchen.« – »Freund Münchhausen, Euer Wort in Ehren! Allein es ist unmöglich, dass irgendein Tokaier besser sei. Denn ich bekam einst nur dies eine Fläschchen von einem ungarischen Kavalier, und er tat ganz verzweifelt rar damit.« – »Possen, Ihro Hoheit! Tokaier und Tokaier ist ein riesengroßer Unterschied. Die Herren Ungarn verschenken sich eben nicht. Was gilt die Wette, so verschaffe ich Ihnen innerhalb einer Stunde geradewegs und unmittelbar aus dem Kaiserlichen Keller eine Flasche Tokaier, die aus ganz andern Augen sehen soll.« – »Münchhausen, ich glaube, Ihr faselt.« – »Ich fasele nicht. Geradewegs aus dem Kaiserlichen Keller in Wien verschaffe ich Ihnen in einer Stunde eine Flasche Tokaier von einer ganz andern Nummer als dieser Krätzer hier.« – »Münchhausen, Münchhausen! Ihr wollt mich zum besten halten, und das verbitte ich mir. Ich kenne Euch zwar sonst als einen überaus wahrhaften Mann, allein – jetzt sollte ich doch fast denken, Ihr flunkertet.« – »Ei nun, Ihro Hoheit! Es kommt ja auf die Probe an. Erfülle ich nicht mein Wort – denn von allen Aufschneidereien bin ich der entschiedenste Feind –, so lassen Ihro Hoheit mir den Kopf abschlagen. Allein mein Kopf ist kein Pappenstiel. Was setzen Sie dagegen?« – »Topp! Ich nehme Euch beim Wort. Ist auf den Schlag vier nicht die Flasche Tokaier hier, kostets Euch ohne Barmherzigkeit den Kopf. Denn foppen lasse ich mich auch von meinen besten Freunden nicht. Besteht Ihr aber, wie Ihr versprecht, dann könnt Ihr aus meiner Schatzkammer so viel an Gold, Silber, Perlen und Edelgesteinen nehmen, als der stärkste Kerl davonzuschleppen vermag.« – »Das lässt sich hören!« antwortete ich, bat mir gleich Feder und Tinte aus und schrieb an die Kaiserin-Königin Maria Theresia folgendes Billett: »Ihre Majestät haben unstreitig als Universalerbin auch Ihres Höchstseligen Herrn Vaters Keller mitgeerbt. Dürfte ich mir wohl durch Vorzeigen dieses eine Flasche von dem Tokaier ausbitten, wie ich ihn bei Ihrem Herrn Vater oft getrunken habe? Allein vom besten! Denn es gilt eine Wette. Ich diene gern dafür wieder, wo ich kann, und beharre übrigens usw.«

Dies Billett gab ich, weil es schon fünf Minuten nach drei war, sogleich offen meinem Läufer, der seine Gewichte abschnallen und sich unverzüglich auf den Weg nach Wien machen musste. Hierauf tranken wir, der Großsultan und ich, den Rest seiner Flasche in Erwartung des Besseren vollends aus. Es schlug Viertel nach drei, es schlug halb, es schlug Viertel vor vier, und noch war kein Läufer zu hören oder zu sehen. Nachgerade, gestehe ich, fing mir an ein wenig schwül zu werden, denn es kam mir so vor, als blickten Seine Hoheit schon bisweilen nach der Glockenschnur, um nach dem

Scharfrichter zu klingeln. Noch erhielt ich zwar Erlaubnis, einen Gang hinaus in den Garten zu tun, um frische Luft zu schnappen, allein es folgten mir auch schon ein paar dienstbare Geister nach, die mich nicht aus den Augen ließen. In dieser Angst, und als der Zeiger schon auf fünfundfünfzig Minuten stand, schickte ich geschwind nach meinem Horcher und Schützen. Sie eilten prompt herbei, und der Horcher musste sich platt auf die Erde legen, um zu hören, ob nicht mein Läufer endlich ankäme. Zu meinem nicht geringen Schrecken meldete er mir, dass der Schlingel irgendwo, allein weit weg von hier, im tiefsten Schlaf läge und aus Leibeskräften schnarchte. Dies hatte mein braver Schütze kaum gehört, als er auf eine etwas hohe Terrasse lief und, nachdem er sich auf seine Zehen emporgereckt hatte, hastig ausrief: »Bei meiner armen Seel'! Da liegt der Faulenzer unter einer Eiche bei Belgrad und die Flasche neben ihm. Wart! Ich will dich aufkitzeln.« – Und damit legte er unverzüglich seine Kuchenreutersche Flinte an und schoss die volle Ladung oben in den Wipfel des Baums. Ein Hagel von Eicheln, Zweigen und Blättern polterte herunter auf den Schläfer, weckte und brachte ihn, indes er selbst fürchtete, die Zeit beinahe verschlafen zu haben, dermaßen geschwind auf die Beine, dass er mit seiner Flasche und einem eigenhändigen Billett von Maria Theresia um neunundfünfzigundeinehalbe Minuten auf vier Uhr vor des Sultans Kabinett anlangte. Das war ein Gaudium! Ei, wie schlürfte das Großherrliche Leckermaul! – »Münchhausen«, sprach er, »Ihr müsst es mir nicht übelnehmen, wenn ich diese Flasche für mich allein behalte. Ihr steht in Wien besser da als ich; Ihr werdet schon an noch mehr zu kommen wissen.« – Hiermit schloss er die Flasche in sein Schränkchen, steckte den Schlüssel in die Hosentasche und klingelte nach dem Schatzmeister. – O welch ein angenehmer Silberton in meinen Ohren! – »Ich muss Euch nun die Wette bezahlen. – Hier!« – sprach er zum Schatzmeister, der ins Zimmer trat, – »lasst meinem Freund Münchhausen so viel aus der Schatzkammer verabfolgen, wie der stärkste Kerl wegzutragen vermag.«

Der Schatzmeister verneigte sich vor seinem Herrn bis mit der Nase zur Erde, mir aber schüttelte der Großsultan ganz treuherzig die Hand, und so ließ er uns beide gehen.

Ich säumte nun, wie Sie sich denken können, meine Herren, keinen Augenblick, die erhaltene Assignation geltend zu machen, ließ meinen Starken mit seinem langen hanfenen Strick kommen und verfügte mich in die Schatzkammer. Was da mein Starker, nachdem er sein Bündel geschnürt hatte, übrigließ, das werden Sie wohl schwerlich holen wollen. Ich eilte mit meiner Beute geradewegs zum Hafen, nahm dort das größte Lastschiff, das zu bekommen war, in Beschlag und ging wohlbepackt mit meiner ganzen

Dienerschaft unter Segel, um meinen Fang in Sicherheit zu bringen, ehe was Widriges dazwischenkam. Was ich befürchtet hatte, das geschah. Der Schatzmeister hatte Tür und Tor der Schatzkammer offen gelassen – und freilich wars kaum mehr nötig, sie zu verschließen –, war über Hals und Kopf zum Großsultan gerannt und hatte ihm Bericht erstattet, wie vollkommen wohl ich seine Assignation genutzt hatte. Das war nun dem Großsultan nicht wenig vor den Kopf gestoßen. Die Reue über seine Unbedachtheit blieb nicht lange aus. Er hatte daher gleich dem Großadmiral befohlen, mit der ganzen Flotte hinter mir herzusegeln und mir zu insinuieren, dass wir so nicht gewettet hätten. Als ich noch nicht einmal zwei Meilen weit auf See war, sah ich schon die ganze türkische Kriegsflotte mit vollen Segeln hinter mir herkommen, und ich muss gestehen, dass mein Kopf, der kaum wieder fest gesessen hatte, von neuem anfing zu wackeln. Allein nun war mein Windmacher zur Hand und sprach: »Lassen sich Ihro Exzellenz nicht bange machen!« Er trat hierauf auf das Hinterdeck meines Schiffes, sodass sein eines Nasenloch zur türkischen Flotte, das andere aber auf unsere Segel gerichtet war, und blies eine so hinlängliche Portion Wind, dass die Flotte, an Masten, Segel- und Tauwerk gar übel ramponiert, nicht nur bis in den Hafen zurückgetrieben, sondern auch mein Schiff in wenigen Stunden glücklich nach Italien getrieben ward. Mein Schatz kam mir jedoch wenig zugute. Denn in Italien ist, trotz der Ehrenrettung des Herrn Bibliothekar Jagemann in Weimar, Armut und Bettelei so groß und die Polizei so schlecht, dass ich erst, weil ich vielleicht eine allzu gutwillige Seele bin, den größten Teil an die Straßenbettler ausspenden musste. Der Rest aber wurde mir auf meiner Reise nach Rom auf der geheiligten Flur von Loreto von einer Bande Straßenräuber abgenommen. Ihr Gewissen wird diese Herren kaum beunruhigt haben. Denn ihr Fang war noch immer so ansehnlich, dass um den tausendsten Teil die ganze honette Gesellschaft sowohl für sich als ihre Erben und Erbnehmer auf alle vergangenen und zukünftigen Sünden vollkommenen Ablass selbst aus der ersten und besten Hand in Rom dafür erkaufen konnte. –

Nun aber, meine Herren, ist in der Tat mein Schlummerstündchen da. Schlafen Sie wohl!

Zwölftes Kapitel

Siebentes Seeabenteuer nebst authentischer Lebensgeschichte eines Partisans, der nach der Entfernung des Barons als Sprecher auftritt

Nach Endigung des vorigen Abenteuers ließ sich der Baron nicht länger halten, sondern brach wirklich auf und verließ die Gesellschaft in der besten Laune. Doch versprach er die Abenteuer seines Vaters, auf die seine Zuhörer noch immer gespannt waren, ihnen nebst manch anderen merkwürdigen Anekdoten bei nächstbester Gelegenheit zu erzählen.

Als sich nun jedermann nach seiner Weise über die Unterhaltung ausließ, die er soeben verschafft hatte, bemerkte einer von der Gesellschaft, ein Partisan des Barons, der ihn auf seiner Reise in die Türkei begleitet hatte, dass unweit Konstantinopel ein enorm großes Geschütz befindlich sei, welches der Baron Tott in seinen neulich herausgekommenen Denkwürdigkeiten ganz besonders erwähnt. Was er davon berichtet, ist, soweit ich mich erinnere, folgendes: »Die Türken hatten nahe der Stadt über die Zitadelle auf dem Ufer des berühmten Flusses Simois ein ungeheures Geschütz aufgepflanzt. Dasselbe war ganz aus Kupfer gegossen und schoss eine Marmorkugel, wenigstens elfhundert Pfund an Gewicht. Ich hatte unbändige Lust, sagt Tott, es abzufeuern, um erst nach seiner Wirkung gehörig zu urteilen. Alles Volk um mich her zitterte und bebte, weil es sich sicher annahm, dass Schloss und Stadt davon übern Haufen stürzen würden. Endlich ließ die Furcht doch ein wenig nach, und ich bekam Erlaubnis, das Geschütz abzufeuern. Es wurden nicht weniger als dreihundertunddreißig Pfund Pulver dazu benötigt, und die Kugel wog, wie ich schon sagte, elfhundert Pfund. Als der Kanonier mit dem Zünder hinzutrat, zog sich der Haufen, der mich umringte, so weit zurück, als er konnte. Mit knapper Not überredete ich den Bassa, der sich sorgenvoll näherte, dass keine Gefahr drohe. Auch dem Kanonier, der nach meiner Anweisung feuern sollte, klopfte vor Angst sein Herz bis zum Hals. Ich nahm Platz in einer Mauerschanze hinter dem Geschütz, gab das Zeichen und fühlte einen Stoß wie von einem Erdbeben. In einer Entfernung von dreihundert Klaftern barst die Kugel in drei Stücke; diese flogen über die Meerenge, prallten vom Wasser empor an die gegenüberliegenden Berge und setzten den ganzen Kanal, so breit er war, in Schaum.«

Dies, meine Herren, ist, soviel ich mich erinnere, Baron Totts Nachricht von der größten Kanone der bekannten Welt. Als nun Herr von Münchhausen und ich jene Gegend besuchten, wurde die Abfeuerung dieses ungeheuren Geschützes durch den Baron Tott uns als Beispiel der außerordentlichen Kühnheit dieses Herrn erzählt.

Mein Gönner, der es durchaus nicht ertragen konnte, dass ein Franzose ihm etwas zuvorgetan haben sollte, nahm ebendieses Geschütz auf seine Schulter, sprang, als ers in seine eigentliche waagrechte Lage gebracht hatte, geradewegs ins Meer und schwamm damit an die gegenüberliegende Küste. Von dort aus versuchte er unglücklicherweise die Kanone auf ihre vorige Stelle zurückzuwerfen. Ich sage, unglücklicherweise! Denn sie glitt ihm ein wenig zu früh aus der Hand, gerade als er zum Wurf ausholte. Hierdurch geschah es dann, dass sie mitten in den Kanal stürzte, wo sie nun immer noch liegt und wahrscheinlich bis an den Jüngsten Tag bleiben wird.

Dies, meine Herren, war es eigentlich, womit es der Herr Baron beim Großsultan ganz und gar verdarb. Die Schatzhistorie, der er vorhin seine Ungnade beimaß, war längst vergessen. Denn der Großsultan hat ja genug einzunehmen und konnte seine Schatzkammer bald wieder füllen. Auch befand sich der Herr Baron aufgrund einer persönlichen Wiedereinladung des Großsultans erst jetzt zum letzten Mal in der Türkei und wäre vielleicht noch dort, wenn der Verlust dieses berüchtigten Geschützes den grausamen Türken nicht so aufgebracht hätte, dass er nun unwiderruflich den Befehl gab, dem Baron den Kopf abzuschlagen. Eine gewisse Sultanin aber, deren großer Liebling er geworden, gab ihm nicht nur eilends von diesem blutgierigen Vorhaben Nachricht, sondern verbarg ihn auch so lange in ihrem eigenen Gemach, wie der Offizier, dem die Exekution aufgetragen war, mit seinen Helfershelfern nach ihm suchte. In der nächstfolgenden Nacht flüchteten wir an Bord eines nach Venedig bestimmten Schiffs, welches gerade im Begriff war unter Segel zu gehen, und kamen glücklich davon.

Diese Begebenheit erwähnt der Baron nicht gern, weil ihm sein Versuch misslang und er noch dazu um ein Haar sein Leben obendrein verloren hätte. Da sie gleichwohl ganz und gar nicht zu seiner Schande gereicht, so pflege ich sie wohl bisweilen hinter seinem Rücken zu erzählen.

Nun, meine Herren, kennen Sie alle den Herrn Baron von Münchhausen und werden hoffentlich an seiner Wahrhaftigkeit nicht im mindesten zweifeln. Damit Ihnen aber auch kein Bedenken gegen die meinige zu Kopf steige, ein Umstand, den ich schlechtweg nicht voraussetzen mag, muss ich Ihnen doch ein wenig erklären, wer ich bin. Mein Vater, oder wenigstens derjenige, welcher dafür gehalten wurde, war von Geburt ein Schweizer aus Bern. Er führte daselbst eine Art von Oberaufsicht über Straßen, Alleen, Gassen und Brücken. Diese Beamten heißen dortzulande – hm! – Gassenkehrer. Meine Mutter war aus den savoyischen Bergen gebürtig und trug einen überaus schönen großen Kropf am Halse, der bei den Damen jener Gegend etwas ganz Normales ist. Sie verließ ihre Eltern sehr jung und ging ihrem Glück in eben der Stadt nach, wo mein Vater das Licht der Welt erblickt hatte. Solange sie noch ledig war, verdiente sie ihren Unterhalt mit allerlei Liebeswerk an unserm Geschlecht. Denn man weiß, dass sie es niemals abschlug, wenn man sie um eine Gefälligkeit ansprach und besonders mit gehöriger Höflichkeit in der Hand zuvorkam. Dieses liebenswürdige Paar begegnete einander zufällig auf der Straße, und da sie beiderseits ein wenig berauscht waren, stolperten sie gegeneinander und taumelten sich alle beide über den Haufen. Wie sich bei dieser Gelegenheit ein Teil immer unnützer machte als der andere und das Ding zu laut wurde, wurden alle beide erst in die Scharwache, hernach aber ins Zuchthaus geschleppt. Hier sahen sie bald die Torheit ihrer Zänkerei ein, machten alles wieder gut, verliebten sich und heirateten. Da aber meine Mutter zu ihren alten Streichen zurückkehrte, trennte mein Vater, der gar hohe Begriffe von Ehre hatte, sich ziemlich bald von ihr und wies ihr die Revenuen von einem Tragkorb zu ihrem künftigen Unterhalt an. Sie vereinigte sich hierauf mit einer Gesellschaft, die mit einem Puppenspiel umherzog. Mit der Zeit führte sie das Schicksal nach Rom, wo sie eine Austernbude betrieb.

Sie haben freilich alle vom Papst Ganganelli oder Clemens XIV. gehört, und wie gern dieser Herr Austern aß. Eines Freitags, als derselbe mit großem Pomp nach der St. Peterskirche zur hohen Messe durch die Stadt zog, sah er meiner Mutter Austern (welche, wie sie mir oft erzählt hat, ausnehmend schön und frisch waren) und konnte unmöglich weiter, ohne sie zu versuchen. Nun waren mehr als fünftausend Personen in seinem Gefolge; nichtsdestoweniger ließ er sogleich alle stillhalten und in die Kirche melden, er könnte vor Morgen kein Hochamt halten. Sodann sprang er vom Pferd – denn die Päpste reiten allemal bei solchen Gelegenheiten –, ging in meiner Mutter Laden, aß erst alles auf, was von Austern daselbst vorhanden war, und stieg hernach mit ihr in den Keller hinab, wo sie noch mehr davon hatte. Dieses unterirdische Gemach war meiner Mutter Küche, Visitenstube und Schlafkammer zugleich. Hier gefiel es ihm so wohl, dass er all seine Begleiter fortschickte. Kurz, Seine Heiligkeit brachten die ganze Nacht dort mit meiner Mutter zu. Ehe *Dieselben* am andern Morgen wieder fortgingen, erteilten *Sie* ihr vollkommenen Ablass, nicht allein für jede Sünde, die sie schon auf sich hatte, sondern auch für all diejenigen, womit sie sich etwa künftig noch zu befassen Lust haben möchte.

Nun, meine Herren, habe ich darauf das Ehrenwort meiner Mutter – und wer könnte wohl eine solche Ehre bezweifeln? –, dass ich die Frucht jener Austernacht bin.

50

Dreizehntes Kapitel
Fortgesetzte Erzählung des Freiherrn

Der Baron wurde, wie man sich leicht vorstellen kann, bei jeder Gelegenheit gebeten, seinem Versprechen gemäß in der Erzählung seiner ebenso lehrreichen als unterhaltenden Abenteuer fortzufahren; allein geraume Zeit waren alle Bitten vergebens. Er hatte die sehr löbliche Gewohnheit, nichts gegen seine Laune zu tun, und die noch löblichere, durch nichts von diesem Grundsatz sich abbringen zu lassen. Endlich aber erschien der lange gewünschte Abend, an dem ein heiteres Lächeln, mit dem er die Aufforderungen seiner Freunde anhörte, die sichere Vorbedeutung gab, dass sein Genius ihm gegenwärtig sei und ihre Hoffnungen erfüllen werde. »Conticuere omnes, intentique ora tenebant« [»Alle schwiegen und lauschten mit unverwandten Blicken.« (Vergil)], und Münchhausen begann vom hochbepolsterten Sofa:

Während der letzten Belagerung von Gibraltar segelte ich mit einer Proviantflotte unter Lord Rodneys Kommando zu dieser Festung, um meinen alten Freund, den General Elliot, zu besuchen, der durch die ausgezeichnete Verteidigung dieses Platzes sich Lorbeern erworben hat, die nie verwelken können. Sobald die erste Hitze der Freude, die immer mit dem Wiedersehen alter Freunde verbunden ist, sich etwas abgekühlt hatte, ging ich in Begleitung des Generals in der Festung umher, um den Zustand der Besatzung und die Anstalten des Feindes kennen zu lernen. Ich hatte aus London ein vortreffliches Spiegelteleskop, das ich von Dollond gekauft hatte, mitgebracht. Mit Hilfe desselben fand ich, dass der Feind gerade im Begriff war, einen Sechsunddreißigpfünder auf den Fleck abzufeuern, auf dem wir standen. Ich sagte dies dem General; er sah auch durch das Perspektiv und fand meine Mutmaßung richtig. Auf seine Erlaubnis hin ließ ich sogleich einen Achtundvierzigpfünder von der nächsten Batterie bringen und richtete ihn – denn was Artillerie betrifft, habe ich, ohne mich zu rühmen, meinen Meister noch nicht gefunden – so exakt, dass ich meines Zieles vollkommen gewiss war.

Nun beobachtete ich die Feinde aufs Schärfste, bis ich sah, dass sie die Zündrute ans Zündloch ihres Stückes legten, und im selben Augenblick gab ich das Zeichen, dass unsere Kanone gleichfalls abgefeuert werden sollte. Ungefähr in der Mitte des Wegs schlugen die beiden Kugeln mit fürchterlicher Stärke gegeneinander, und die Wirkung war erstaunlich. Die feindliche Kugel prallte mit solcher Heftigkeit zurück, dass sie nicht nur dem Mann, der sie abgeschossen hatte, rein den Kopf wegriss, sondern auch noch sechzehn andere Köpfe vom Rumpfe schnellte, die ihr auf ihrem Flug zur afrikanischen Küste im Weg standen. Ehe sie aber zu der Barbarei kam, fuhr sie durch die Hauptmasten von drei Schiffen, die eben in einer Linie hintereinander im Hafen lagen; und dann flog sie noch an die zweihundert englische Meilen ins Land hinein, schlug zuletzt durchs Dach einer Bauernhütte, brachte ein altes Mütterchen, die mit offenem Mund auf dem Rücken lag und schlief, um die wenigen Zähne, die sie noch übrig hatte, und blieb endlich in der Kehle des armen Weibes stecken. Ihr Mann, der bald darauf nach Hause kam, versuchte die Kugel herauszuziehen; da er dies aber nicht schaffte, entschloss er sich kurz und bündig und stieß ihr die Kugel mit einem Rammer den Magen hinunter, aus dem sie dann auf natürlichem Weg unterwärts abging. Unsere Kugel tat vortreffliche Dienste. Sie trieb nicht nur die andere auf die eben beschriebene Weise zurück, sondern setzte auch, meiner Absicht gemäß, ihren Weg fort, sprengte dieselbe Kanone, die gerade gegen uns gebraucht worden war, von der Lafette und warf sie mit solcher Heftigkeit in den Kielraum eines Schiffes, dass sie sogleich den Boden desselben durchschlug. Das Schiff schöpfte Wasser und sank mit tausend spanischen Matrosen und einer beträchtlichen Anzahl Soldaten, die sich auf ihm befanden. – Dies war gewiss eine höchst außerordentliche Tat. Ich verlange indes keineswegs sie ganz auf die Rechnung meines Verdienstes zu setzen. Meiner Klugheit kommt freilich die Ehre der ersten Erfindung zu, aber der Zufall unterstützte sie einigermaßen. Ich fand nämlich nachher, dass unser Achtundvierzigpfünder durch ein Versehen mit der doppelten Portion Pulver gelden worden war, wodurch allein seine unerwartete Wirkung vorzüglich in Absicht der zurückgeworfenen feindlichen Kugel begreiflich wird.

General Elliot bot mir für diesen ausnehmenden Dienst eine Offizierstelle an; ich lehnte aber ab und begnügte mich mit seinem Dank, den er mir am selben Abend an der Tafel in Gegenwart aller Offiziere auf die ehrenvollste Weise abstattete.

Da ich sehr für die Engländer eingenommen bin, weil sie fraglos ein vorzüglich braves Volk sind, machte ich mir es zur Pflicht, die Festung nicht zu verlassen, bis ich ihnen noch einen Dienst würde geleistet haben; und ungefähr drei Wochen später bot sich mir eine gute Gelegenheit. Ich verkleidete mich als katholischer Priester, schlich um ein Uhr morgens mich aus der Festung und kam glücklich durch die Linien der Feinde mitten in ihr Lager. Dort ging ich in das Zelt, in welchem Graf von Artois mit dem ersten Befehlshaber und verschiedenen anderen Offizieren ihren Plan entwarfen, die Festung am nächsten Morgen zu erstürmen. Mein Gewand war mein Schutz. Niemand wies mich zurück, und ich konnte ungestört alles hören, was vorging. Endlich begaben sie sich zu Bett, und nun gewahrte ich das ganze Lager, selbst die Schildwachen, im tiefsten Schlaf begraben. Wie der Blitz begann ich meine Arbeit, wuchtete ihre Kanonen, über dreihundert Stück, von

52

den Achtundvierzigpfündern bis zu den Vierundzwanzigpfündern, herunter von den Lafetten und warf sie drei Meilen weit in die See. Da ich ganz und gar keine Hilfe hatte, war dies das schwerste Stück Arbeit, das ich je geleistet hatte, eines vielleicht ausgenommen, das, wie ich höre, Ihnen neulich in meiner Abwesenheit einer meiner Bekannten zu erzählen gut fand, da ich nämlich mit dem ungeheuren, vom Baron von Tott beschriebenen türkischen Geschütz ans jenseitige Ufer des Meeres schwamm. – Sobald ich damit fertig war, schleppte ich alle Lafetten und Karren in die Mitte des Lagers, und damit das Rasseln der Räder kein Geräusch machen möchte, trug ich sie paarweise unter meinen Armen zusammen. – Ein herrlicher Haufen war es, wenigstens so hoch wie der Felsen von Gibraltar. – Dann schlug ich mit dem abgebrochenen Stück eines eisernen Achtundvierzigpfünders an einem Kiesel, der zwanzig Fuß unter der Erde in einer noch von den Arabern gebauten Mauer steckte, Feuer, zündete eine Lunte an und setzte den ganzen Stapel in Brand. Ich vergaß Ihnen zu sagen, dass ich erst noch obenauf alle Kriegsvorratswagen geworfen hatte.

Was am brennbarsten war, hatte ich klüglich unten hingelegt, und so war nun im Handumdrehen alles eine lichterlohe Flamme. Um jedem Verdacht zu entgehen, war ich einer der ersten, der Lärm machte. Das ganze Lager geriet, wie Sie sich vorstellen können, ins schrecklichste Erstaunen, und die allgemeine Vermutung war, dass die Schildwachen bestochen und sieben oder acht Regimenter aus der Festung für diese grauenhafte Zerstörung ihrer Artillerie eingesetzt worden wären. Herr Drinkwater erwähnt in seiner Geschichte dieser berühmten Belagerung einen großen Verlust, den die Feinde durch einen im Lager entstandenen Brand erlitten hätten, vermag aber nicht im Geringsten die Ursache desselben anzugeben. Und das konnte er auch nicht; denn ich entdeckte die Sache noch keinem Menschen (obgleich ich allein durch die Arbeit dieser Nacht Gibraltar rettete), selbst dem General Elliot nicht. Der Graf von Artois lief nebst all seinen Leuten im ersten Schrecken davon; und ohne einmal stillzuhalten, rannten sie ungefähr vierzehn Tage in einem fort, bis sie Paris erreichten. Auch machte die Angst, die sich ihrer bei diesem katastrophalen Brand bemächtigt hatte, dass sie drei Monate lang nicht imstande waren, die geringste Erfrischung zu genießen, sondern chamäleonmäßig bloß von Luft lebten. Etwa zwei Monate, nachdem ich den Belagerten diesen Dienst getan hatte, saß ich eines Morgens mit General Elliot beim Frühstück, als auf einmal eine Bombe (denn ich hatte keine Zeit, ihre Mörser ihren Kanonen nachzusenden) in das Zimmer flog und auf den Tisch fiel. Der General, wie fast jeder getan haben würde, verließ das Zimmer augenblicklich, ich aber nahm die Bombe, ehe sie explodierte, und trug sie auf die Felsenspitze. Von hier sah ich auf einem

Hügel der Seeküste unweit des feindlichen Lagers eine ziemliche Menge Leute, konnte aber mit bloßen Augen nicht entdecken, was sie vorhatten. Ich nahm also mein Teleskop zu Hilfe und gewahrte nun, dass zwei von unseren Offizieren, einer ein General und der andere ein Oberst, die noch den vorigen Abend mit mir verbracht und sich um Mitternacht als Spione ins spanische Lager geschlichen hatten, dem Feind in die Hände gefallen waren und eben gehängt werden sollten. Die Entfernung war zu groß, als dass ich die Bombe aus freier Hand hätte hinwerfen können. Glücklicherweise fiel mir ein, dass ich die Schleuder in der Tasche hatte, die David weiland so vorteilhaft gegen den Riesen Goliath benutzte. Ich legte meine Bombe hinein und schleuderte sie sogleich mitten in den Kreis. Sowie sie niederfiel, zersprang sie auch und tötete alle Umstehenden, ausgenommen die beiden englischen Offiziere, die zu ihrem Glück gerade in die Höhe gezogen waren. Ein Stück der Bombe flog indessen gegen den Fuß des Galgens, der dadurch sogleich umstürzte. Unsere beiden Freunde fühlten kaum terra firma, als sie sich nach dem Grund dieser unerwarteten Katastrophe umschauten, und als sie sahen, dass Wache, Henker und alle die Eingebung gekriegt hatten, zuerst zu sterben, machten sie einander von ihren lästigen Stricken los, liefen zum Seeufer, sprangen in ein spanisches Boot und nötigten die beiden Leute, die darin waren, sie zu einem unserer Schiffe zu rudern. Wenige Minuten später, als ich gerade General Elliot die Sache erzählte, kamen sie glücklich an, und nach gegenseitigen Erklärungen und Glückwünschen feierten wir diesen merkwürdigen Tag auf die froheste Art von der Welt.

Sie wünschen alle, meine Herren, ich sehe es Ihnen an den Augen an, zu hören, wie ich an einen so großen Schatz, als Davids Schleuder war, gekommen sei. Wohl! Das verhält sich so. Ich stamme, müssen Sie wissen, von der Frau des Urias ab, mit der David bekanntlich in sehr enger Verbindung lebte. Mit der Zeit aber – wie dies manchmal der Fall ist – wurden Seine Majestät merklich kälter gegen die Gräfin, denn dazu wurde sie im ersten Vierteljahr nach ihres Mannes Tod gemacht. Sie zankten sich einmal über einen sehr wichtigen Punkt, nämlich über den Fleck, wo Noahs Arche gebaut wurde und wo sie nach der Sintflut stehen blieb. Mein Stammvater wollte als großer Altertumskundiger gelten, und die Gräfin war Präsidentin einer historischen Sozietät. Dabei hatte er die Schwäche mehrerer großen Herren und fast aller kleinen Leute, er konnte keinen Widerspruch ertragen; und sie hatte den Fehler ihres Geschlechts, sie wollte in allen Dingen recht behalten; kurz, es erfolgte eine Trennung. Sie hatte ihn oft von jener Schleuder als einem sehr großen Schatz sprechen hören und fand für gut, sie, zum Andenken wahrscheinlich, mitzunehmen. Ehe sie aber noch aus seinen Staaten war, wurde die Schleuder vermisst, und nicht weniger als sechs Mann von der Leibwache des Königs setzten ihr nach. Sie bediente sich indes des mitgenommenen Instruments so gut, dass sie einen ihrer Verfolger, der sich durch seinen Diensteifer vielleicht auszeichnen wollte und daher etwas den anderen voraus war, gerade auf den Fleck traf, wo Goliath seine tödliche Quetschung gekriegt hatte. Als seine Gefährten ihn tot zur Erde stürzen sahen, hielten sie es nach langer weiser Überlegung für das Beste, diesen neu eingetretenen Umstand fürs erste gehörigen Ortes zu melden, und die Gräfin hielt es fürs Beste, zu Pferd ihre Reise nach Ägypten fortzusetzen, wo sie sehr angesehene Freunde am Hofe hatte. – Ich hätte Ihnen vorher schon sagen sollen, dass sie von mehreren Kindern, die Seine Majestät mit ihr zu zeugen geruht hatten, bei ihrem Weggang einen Sohn, der ihr Liebling war, mit sich nahm. Da diesem das fruchtbare Ägypten noch einige Geschwister gab, vermachte sie ihm durch einen besondern Artikel ihres Testaments die berühmte Schleuder; und von ihm kam sie in meist gerader Linie endlich auf mich.

Einer ihrer Besitzer, mein Ururgroßvater, der vor ungefähr zweihundertundfünfzig Jahren lebte, wurde bei einem Besuch, den er in England machte, mit einem Dichter bekannt, der zwar nichts weniger als Plagiarius, aber ein desto größerer Wilddieb war und Shakespeare hieß. Dieser Dichter, in dessen Schriften jetzt, zur Wiedervergeltung vielleicht, von Engländern und Deutschen abscheulich gewilddiebt wird, borgte manchmal diese Schleuder und tötete damit so viel von Sir Thomas Lucys Wildbret, dass er mit knapper Not dem Schicksal meiner zwei Freunde zu Gibraltar entging. Der arme Mann wurde ins Gefängnis geworfen, und mein Ältervater bewirkte seine Freilassung auf eine ganz besondere Art. Die Königin Elisabeth, die damals regierte, wurde, wie Sie wissen, in ihren letzten Jahren ihrer selbst überdrüssig. Ankleiden, Auskleiden, Essen, Trinken und manches andere, was ich nicht zu nennen brauche, machten ihr das Leben zur unerträglichen Last. Mein Ältervater setzte sie in den Stand, all dies nach ihrer Willkür ohne oder durch einen Stellvertreter zu tun. Und was meinen Sie, was er für dieses ganz unvergleichliche Meisterstück magischer Kunst sich ausbat? – Shakespeares Freiheit. – Weiter konnte ihm die Königin nicht das geringste aufdrängen. Die ehrliche Haut hatte diesen großen Dichter so liebgewonnen, dass er gern von der Zahl seiner Tage etwas abgegeben hätte, um das Leben seines Freundes zu verlängern.

Übrigens kann ich Ihnen, meine Herren, versichern, dass die Methode der Königin Elisabeth, gänzlich ohne Nahrung zu leben, so originell sie auch war, bei ihren Untertanen wenig Beifall gefunden hat, am allerwenigsten bei den beef-eaters [Rindfleischesser. Ein Name, der – nicht selten von solchen, die gerne Rindfleisch äßen und aus ökonomischen Gründen nicht dürfen – der königlichen Garde gegeben wird.], wie man sie gewöhnlich noch heutigentags nennt. Sie überlebte aber selbst ihre neue Sitte nicht über achthalb Jahr.

Mein Vater, von dem ich diese Schleuder kurz vor meiner Reise nach Gibraltar geerbt habe, erzählte mir folgende seltsame Anekdote, die auch seine Freunde öfters von ihm gehört haben und an deren Wahrheit niemand zweifeln wird, der den ehrlichen Alten gekannt hat. »Ich hielt mich«, sagte er, »bei meinen Reisen geraume Zeit in England auf und ging einstens an dem Ufer der See unweit Harwich spazieren. Plötzlich griff ein grimmiges Seepferd in äußerster Wut mich an. Ich hatte nichts als die Schleuder bei mir, mit der ich dem Tier so geschickt zwei Kieselsteine an den Kopf warf, dass ich mit jedem ein Auge des Ungeheuers ausschlug. Darauf stieg ich auf seinen Rücken und trieb es in die See; denn im selben Moment, in dem es sein Augenlicht verlor, büßte es auch seine Wildheit ein und wurde so zahm wie irgend möglich. Meine Schleuder legte ich ihm statt des Zaums in den Mund und ritt es nun mit größter Leichtigkeit durch den Ozean. In weniger als drei Stunden kamen wir beide am entgegengesetzten Ufer an, welches doch immerhin eine Strecke von ungefähr dreißig Seemeilen ist. Zu Helvoetsluys verkaufte ich es für siebenhundert Dukaten an den Wirt zu den drei Kelchen, der es als extrem seltenes Tier zur Schau stellte und sich schönes Geld damit verdiente.« – Jetzt findet man eine Abbildung davon im Buffon. – »So sonderbar die Art meiner Reise war«, fuhr mein Vater fort, »waren doch die Bemerkungen und Entdeckungen, die ich auf derselben machte, noch viel fabelhafter. Das Tier, auf dessen Rücken ich saß, schwamm nicht, sondern rannte mit unglaublicher Geschwindigkeit auf dem Grund des Meeres und trieb Millionen von Fischen vor sich her, von denen viele ganz anders als die gewöhnlichen waren. Einige hatten den Kopf in der Mitte des Leibes, andere an der Spitze des Schwanzes. Einige saßen in einem großen Zirkel beisammen und sangen unaussprechlich schöne Chöre; andere bauten aus bloßem Wasser die prächtigsten durchsichtigen Gebäude, die mit kolossalischen Säulen umgeben waren, in welchen eine Materie, die ich für nichts anderes als das reinste Feuer halten konnte, in den angenehmsten Farben und reizendsten wellenförmigen Bewegungen hin und her lief. Verschiedene Zimmer dieser Gebäude waren auf eine sehr ausgeklügelte und bequeme Art zur Begattung der Fische eingerichtet; in anderen wurde der zarte Laich gepflegt und gewartet; und eine Reihe weitläufiger Säle war zur Erziehung der jungen Fische bestimmt. Das Äußere der Methode, die hier beobachtet wurde – denn das Innere derselben verstand ich natürlicherweise ebenso wenig als den Gesang der Vögel oder die Dialoge der Heuschrecken –, hatte so auffallende Ähnlichkeit mit dem, was ich in meinem Alter in den sogenannten Philanthropinen und dergleichen Anstalten eingeführt fand, dass ich ganz gewiss bin, einer ihrer angeblichen Erfinder hat eine der meinigen ähnliche Reise gemacht und seine Ideen mehr aus dem Wasser geholt als aus der Luft gegriffen. Übrigens ersehen Sie aus dem wenigen, was ich Ihnen gesagt habe, dass noch manches ungenützt, noch manche Spekulation übrig ist. – Doch ich fahre in meiner Erzählung fort.«

»Ich kam über eine ungeheure Gebirgskette, die wenigstens so hoch war wie die Alpen. An der Seite der Felsen gab es eine Menge großer Bäume von mannigfaltiger Art. Auf diesen wuchsen Hummer, Krebse, Austern, Kammaustern, Muscheln, Seeschnecken usw., von denen bisweilen ein einziges Stück eine ganze Ladung für einen Frachtwagen war, und an der kleinsten hätte ein Lastträger zu schleppen gehabt. – Alles, was von der Art an die Ufer geworfen und auf unseren Märkten verkauft wird, ist elendes Zeug, welches das Wasser von den Ästen schlägt, ungefähr so wie das kleine schlechte Obst, das der Wind von den Bäumen herunterweht. – Die Hummerbäume schienen am vollsten zu sitzen; die Krebs- und Austerbäume aber waren die größten. Die kleinen Seeschnecken wachsen auf einer Art von Sträuchern, die immer am Fuß der Austerbäume stehen und sich fast so wie Efeu an der Eiche hinaufwinden. Auch bemerkte ich eine sehr sonderbare Wirkung eines untergegangenen Schiffes. Dies war, wie mir schien, gegen die Spitze eines Felsens, nur drei Klafter unter der Oberfläche des Wassers, gerempelt und beim Sinken umgeschlagen. Dadurch stürzte es auf einen großen Hummerbaum und stieß verschiedene Hummer ab, die auf einen darunter stehenden Krebsbaum fielen. Weil die Sache nun wahrscheinlich im Frühjahr geschah und die Hummer noch ganz jung waren, vereinigten sie sich mit den Krebsen und brachten eine neue Frucht hervor, die mit beiden Ähnlichkeit hat. Ich versuchte der Seltenheit wegen ein Stück davon mitzunehmen, aber teils war es mir zu beschwerlich, teils wollte mein Pegasus nicht gern stillhalten; auch hatte ich schon über die Hälfte meines Weges zurückgelegt und war gerade in einem Tal wenigstens fünfhundert Klafter unter der Meeresoberfläche, wo ich den Mangel an Luft allmählich etwas unbequem fand. Übrigens war meine Lage auch in andern Rücksichten nicht die angenehmste. Ich begegnete von Zeit zu Zeit großen Fischen, die, soviel ich aus ihren offenen Rachen schließen konnte, sich nicht abgeneigt zeigten, uns beide zu verschlingen. Nun war meine arme Rosinante blind, und es beruhte einzig auf meiner vorsichtigen Führung, dass ich den menschenfreundlichen Absichten dieser hungrigen Herren entging. Ich galoppierte also weidlich zu und suchte so bald wie möglich wieder trockenes Land zu gewinnen.«

»Als ich dem holländischen Ufer schon ziemlich nahe war und das Wasser über meinem Kopf keine zwanzig Klafter mehr hoch sein mochte, kam es mir vor, als läge eine menschliche Gestalt in weiblicher Kleidung vor mir auf dem Sand. Ich glaubte einige Lebenszeichen an ihr zu entdecken, und als ich näher kam, sah ich auch wirklich, dass sich ihre Hand bewegte. Ich fasste diese an und brachte die Person als scheinbare Leiche mit mir ans Ufer. Ob man nun damals in der Kunst Tote aufzuwecken noch nicht so weit gekommen war, dass man wie in unseren Tagen in jeder Dorfschenke eine Anweisung vorfindet, Ertrunkene wieder aus dem Reich der Schatten zurückzurufen, so gelang es doch den klugen und unermüdlichen Bemühungen eines dortigen Apothekers, den kleinen Lebensfunken, den er in dieser Frau noch gewahrte, wieder anzufachen. Sie war die teure Hälfte eines Mannes, der ein nach Helvoetsluys gehöriges Schiff kommandierte und kurz zuvor aus dem Hafen ausgelaufen war. Unglücklicherweise hatte er in der Eile eine andere Person statt seiner Frau mitgenommen. Dies wurde ihr sogleich von einer der wachsamen Schutzgöttinnen des häuslichen Friedens hinterbracht, und weil sie fest davon überzeugt war, dass die Rechte des Ehebettes zu Wasser so gültig wären wie zu Lande, fuhr sie ihm außer sich vor Eifersucht in einem offenen Boot nach und suchte, sobald sie auf das Oberlof seines Schiffs gekommen war, nach einer kurzen unübersetzbaren Anrede, ihre Gerechtsame auf so triftige Art zu beweisen, dass ihr lieber Gatte es für ratsam fand, ein paar Schritte zurückzuweichen. Die traurige Folge davon war, dass ihre knöcherne Rechte den Schlag, der den Ohren ihres Mannes zugedacht war, auf die Wellen machte, und da diese noch nachgiebiger waren als er, fand sie erst auf dem Grund der See Widerstand. – Hier brachte mich nun mein Unstern mit ihr zusammen, um ein glückliches Paar auf Erden mehr zu machen.«

»Ich kann mir leicht vorstellen, was für Segenswünsche mir ihr Herr Gemahl nachgeschickt hat, als er bei seiner Rückkunft merkte, dass sein zärtliches Weibchen, durch mich gerettet, seiner harre. Indes so schlimm auch immer der Streich sein mag, den ich dem armen Teufel gespielt habe, war mein Herz doch schuldlos. Der Beweggrund meiner Handlung war reine, klare Menschenliebe, obgleich, wie ich nicht leugnen kann, die Folgen davon für ihn schrecklich sein mussten.«

Und so weit, meine Herren, geht die Erzählung meines Vaters, an die ich durch die berühmte Schleuder erinnert wurde, die leider, nachdem sie sich so lange bei meiner Familie erhalten und ihr viele wichtige Dienste geleistet hatte, im Rachen des Seepferds ihren Rest gekriegt zu haben scheint. Wenigstens habe ich den einzigen Gebrauch davon gemacht, den ich Ihnen erzählt habe, dass ich den Spaniern eine ihrer Bomben wieder zurückschickte und dadurch meine zwei Freunde vom Galgen rettete. Bei dieser edlen Anwendung wurde meine Schleuder, die vorher schon etwas mürbe war, vollends aufgeopfert. Der größte Teil davon flog mit der Bombe weg, und das übrige kleine Stückchen, das mir in der Hand blieb, liegt jetzt in unserem Familienarchiv, wo es nebst mehreren wichtigen Altertümern zu ewigem Andenken aufbewahrt wird.

Bald darauf verließ ich Gibraltar wieder und kehrte nach England zurück. Dort passierte mir einer der sonderbarsten Streiche meines ganzen Lebens. Ich musste nach Wapping hinuntergehen, um verschiedene Sachen einschiffen zu sehen, die ich einigen meiner Freunde in Hamburg schicken wollte, und als ich damit fertig war, nahm ich meinen Rückweg über den Tower Wharf. Es war Mittag; ich war schrecklich müde, und die Sonne wurde mir so lästig, dass ich in eine von den Kanonen hineinkroch, um dort ein bisschen auszuruhen. Kaum war ich drin, fiel ich auch sogleich in den tiefsten Schlaf. Nun war es gerade der vierte Junius [Geburtstag des regierenden Königs], und um ein Uhr wurden alle Kanonen zum Andenken dieses Tags abgefeuert. Sie waren am Morgen geladen worden, und da niemand mich hier vermuten konnte, wurde ich über die Häuser an der entgegengesetzten Seite des Flusses hinweg in den Hof eines Pächters zwischen Bermondsey und Deptford geschossen. Hier krachte ich auf einem großen Heuhaufen nieder und blieb – wie wegen der großen Betäubung leicht begreiflich wird –, ohne aufzuwachen, liegen. Ungefähr nach drei Monaten wurde das Heu so schrecklich teuer, dass der Pächter einen guten Schnitt zu machen hoffte, wenn er jetzt seinen Vorrat losschlüge. Der Haufen, auf dem ich lag, war der größte auf dem Hof und hielt wenigstens fünfhundert Fuder. Mit ihm wurde beim Aufladen der Anfang gemacht. Durch das Lärmen der Leute, die ihre Leitern angelegt hatten und auf den Haufen hinaufsteigen wollten, wachte ich auf; noch halb im Schlaf und ohne im Geringsten zu wissen, wo ich war, wollte ich weglaufen und stürzte herunter auf den Eigentümer des Heus. Ich selbst litt durch diesen Fall nicht den geringsten Schaden, der Pächter aber einen desto größern; er blieb tot unter mir liegen, denn ich hatte unschuldigerweise ihm das Genick gebrochen. Zu meiner großen Beruhigung hörte ich nachher, dass der Kerl ein abscheulicher Geldsack war, der immer mit den Früchten seiner Ländereien so lange zurückhielt, bis erst bittere Teuerung einriss und er mit übermäßigem Profit sie verkaufen konnte, sodass also sein gewaltsamer Tod sich für ihn als gerechte Strafe und für das Publikum als wahre Wohltat erwies.

Wie sehr ich übrigens staunte, als ich wieder völlig zu Bewusstsein kam und nach langem Besinnen meine gegenwärtigen Gedanken an die anknüpfte, mit denen ich vor drei Monaten eingeschlafen war, und wie groß die Verwunderung meiner Freunde in London war, als ich nach vielen vergeblichen Nachforschungen auf einmal wieder erschien – das können Sie, meine Herren, sich leicht vorstellen.

Nun lassen Sie uns erst ein Gläschen trinken, und dann erzähle ich Ihnen noch ein paar meiner Seeabenteuer.

Vierzehntes Kapitel
Achtes Seeabenteuer

Ohne Zweifel haben Sie von der letzten nördlichen Entdeckungsreise des Kapitän Phipps – gegenwärtigen Lord Mulgrave – gehört. Ich begleitete den Kapitän; – nicht als Offizier, sondern als Freund. – Als wir unter einen ziemlich hohen Grad nördlicher Breite gekommen waren, nahm ich mein Teleskop, mit dem ich Sie bei der Geschichte meiner Reise nach Gibraltar schon bekannt gemacht habe, und betrachtete die Gegenstände, die ich nun um mich hatte. – Denn, nebenbei gesagt, ich halte es immer für gut, sich von Zeit zu Zeit einmal umzusehen, vorzüglich auf Reisen. – Ungefähr eine halbe Meile vor uns schwamm ein Eisberg, weit höher als unsere Masten, und auf demselben sah ich zwei weiße Bären, die meiner Einschätzung nach in einem hitzigen Zweikampf begriffen waren. Ich hing sogleich mein Gewehr um und machte mich zum Eise hin, fand aber, als ich erst auf den Gipfel desselben gekommen war, einen unaussprechlich mühsamen und gefahrvollen Weg. Oft musste ich über schreckliche Abgründe springen; und an anderen Stellen war die Oberfläche glatt wie ein Spiegel, sodass meine Bewegung ein ständiges Fallen und Aufstehen war. Endlich kam ich so weit, dass ich die Bären erreichen konnte, und zugleich sah ich auch, dass sie nicht miteinander kämpften, sondern nur spielten. Ich überschlug schon den Wert ihrer Felle – denn jeder war wenigstens so groß wie ein gut gemästeter Ochse –; allein als ich eben mein Gewehr anlegen wollte, glitschte ich mit dem rechten Fuß aus, fiel rückwärts hin und verlor durch die Heftigkeit des Schlages, den ich tat, auf eine kleine halbe Stunde alles Bewusstsein. Stellen Sie sich mein Erstaunen vor, als ich erwachte und bemerkte, dass eines von den ebengenannten Ungeheuern mich herum auf mein Gesicht gedreht hatte und gerade den Bund meiner neuen ledernen Hose packte. Der obere Teil meines Leibs steckte unter seinem Bauch, und meine Beine standen voraus. Gott weiß, wohin mich die Bestie geschleppt hätte; aber ich kriegte mein Taschenmesser 'raus – dasselbe, das Sie hier sehen –, hackte in seine linke Hintertatze und schnitt ihm drei seiner Zehen ab. Nun ließ es mich sogleich los und brüllte fürchterlich. Ich nahm mein Gewehr hoch, feuerte auf ihn, sowie er weglief, und plötzlich fiel er um. Mein Schuss hatte nun zwar eines dieser blutdürstigen Tiere auf ewig eingeschläfert, aber mehrere Tausende, die im Umkreis von einer halben Meile auf dem Eis lagen und schliefen, aufgeweckt. Alle miteinander kamen spornstreichs angelaufen. Zeit war nicht zu verlieren. Ich war des Todes, falls nicht ein schneller Einfall mich rettete. – Er kam. – Etwa in der Hälfte der Zeit, die ein geübter Jäger benötigt, um einem Hasen den Balg abzustreifen, zog ich dem toten Bären seinen Rock aus, wickelte mich darein und steckte meinen Kopf gerade unter den seinigen. Kaum war ich damit fertig, versammelte sich die ganze Herde um mich herum. Mir wurde heiß und kalt unter meinem Pelz. Indes meine List gelang vortrefflich. Sie kamen, einer nach dem anderen, berochen mich und hielten mich augenscheinlich für einen Bruder Petz. Es fehlte mir nichts als die Größe, um ihnen vollkommen zu gleichen; aber verschiedene Junge unter ihnen waren auch nicht viel größer als ich. Als sie alle mich und den Leichnam ihres dahingeschiedenen Gefährten berochen hatten, schienen wir sehr gesellig zu werden; auch konnte ich all ihre Handlungen so ziemlich nachmachen; nur im Brummen, Brüllen und Balgen waren sie meine Meister. Sosehr ich zwar wie ein Bär aussah, war ich freilich doch noch Mensch: – ich fing an zu überlegen, wie ich die Vertraulichkeit, die zwischen mir und diesen Tieren sich entwickelt hatte, wohl auf das vorteilhafteste nützen könnte.

Ich hatte ehedem von einem alten Feldscher gehört, dass eine Wunde im Rückgrat augenblicklich tödlich sei. Hierüber beschloss ich nun einen Versuch anzustellen. Ich nahm mein Messer wieder zur Hand und stieß es dem größten Bären nahe bei den Schultern in den Nacken. Allerdings war dies ein sehr gewagter Streich, und es war mir auch nicht wenig bange. Denn das war ausgemacht: überlebte die Bestie den Stoß, würde ich in Stücke zerrissen. Allein es gelang glücklich; der Bär fiel tot zu meinen Füßen nieder, ohne einmal zu mucksen. Nun nahm ich mir vor, allen übrigen auf eben diese Art den Rest zu geben, und dies wurde mir auch gar nicht weiter schwer; obgleich sie ihre Brüder zur Rechten und zur Linken fallen sahen, schöpften sie kein Arg daraus. Sie dachten weder an Ursache noch Wirkung des Niedersinkens; und das war ein Glück für sie und für mich. – Als ich alle tot vor mir liegen sah, kam ich mir vor wie Simson, als er Tausende geschlagen hatte.

Um es kurz zu machen, ich marschierte zum Schiff zurück und bat mir ein Drittel der Mannschaft aus, das mir helfen musste, die Felle abzuziehen und die Schinken an Bord zu schleppen. Wir waren nach wenigen Stunden fertig und beluden das ganze Schiff damit. Was übrigblieb, wurde ins Wasser geworfen, ungeachtet ich nicht zweifle, dass es, gehörig eingesalzen, ebenso gut geschmeckt hätte wie die Keulen.

Sobald wir zurückkamen, schickte ich einige Schinken im Namen des Kapitäns an die Lords der Admiralität, andere an die Lords der Schatzkammer, etliche an den Lordmayor und den Stadtrat von London, einige wenige an die Handelsgesellschaften und die übrigen an meine besonderen Freunde. Von überall her bezeugte man mir den wärmsten Dank; die City aber erwiderte mein Geschenk auf sehr nachdrückliche Art, nämlich durch die Einladung, jährlich am Wahltag des Lordmayors im Rathaus zu speisen.

Die Bärenfelle schickte ich an die Kaiserin von Russland als Winterpelze für Ihre Majestät und ihren Hof. Sie dankte mir dafür in einem eigenhändigen Brief, den sie mir durch einen außerordentlichen Gesandten zuschickte und worin sie mir anbot, mit ihr die Ehre ihres Bettes und ihrer Krone zu teilen. Allein da michs eben nie sehr nach königlicher Würde gelüstet hat, lehnte ich Ihrer Majestät Gnade mit den feinsten Ausdrücken ab. Ebenderselbe Ambassadeur, der mir das kaiserliche Schreiben brachte, hatte auch den Auftrag, zu warten und Ihrer Majestät meine Antwort persönlich zurückzubringen. Ein zweiter Brief, den ich bald nachher von der Kaiserin erhielt, überzeugte mich von der Stärke ihrer Leidenschaft und der Erhabenheit ihres Geistes. – Ihre letzte Krankheit kam, wie sie – die zärtliche Seele! – sich in einer Unterredung mit dem Fürsten Dolgorucki zu erklären geruhte – allein von meiner Grausamkeit her. Ich weiß nicht, was die Damen an mir finden; aber die Kaiserin ist nicht die einzige ihres Geschlechts, die mir vom Throne ihre Hand anbot.

Einige Leute haben die Verleumdung ausgestreut, Kapitän Phipps sei auf seiner Reise nicht so weit gegangen, als er wohl hätte tun können. Allein hier ist es meine Schuldigkeit, ihn zu verteidigen. Unser Schiff war auf einem recht guten Weg, bis ich es mit einer solch ungeheuren Menge von Bärenfellen und Schinken belud, dass es Tollheit gewesen sein würde, einen Versuch zu machen fortzufahren, da wir nun kaum imstande waren, gegen einen etwas frischen Wind zu segeln, geschweige denn gegen jene Gebirge von Eis, die in den höheren Breiten liegen.

Der Kapitän hat seitdem oft erklärt, wie unzufrieden er sei, dass er keinen Anteil am Ruhm dieses Tages habe, den er sehr emphatisch den Bärenfelltag nennt. Dabei beneidet er mich nicht wenig wegen der Ehre dieses Siegs und sucht auf alle Art und Weise dieselbe zu schmälern. Wir haben uns schon öfter hierüber gezankt und stehen auch jetzt noch auf gespanntem Fuß. Unter anderem behauptet er geradezu, ich dürfe mir das nicht zum Verdienst anrechnen, dass ich die Bären betrogen habe, da ich mit einem ihrer Felle bedeckt gewesen sei; er hätte ohne Maske unter sie gehen wollen, und sie hätten ihn doch für einen Bären halten sollen.

Dies ist nun freilich ein Punkt, den ich für allzu zart und spitz halte, als dass ein Mann, der auf gefällige Sitten Anspruch macht, mit irgendjemand, am allerwenigsten mit einem edlen Pair darüber streiten darf.

Fünfzehntes Kapitel

Neuntes Seeabenteuer

Eine andere Seereise machte ich von England aus mit dem Kapitän Hamilton. Wir gingen nach Ostindien. Ich hatte einen Hühnerhund bei mir, der, wie ich im eigentlichsten Sinne behaupten konnte, nicht mit Gold aufzuwiegen war; denn er betrog mich nie. Eines Tages, da wir, nach den besten Beobachtungen, die wir machen konnten, wenigstens noch dreihundert Meilen vom Land entfernt waren, markierte mein Hund. Ich sah ihn fast eine volle Stunde staunend an und berichtete den Umstand dem Kapitän und jedem Offizier an Bord und behauptete, wir müssten dem Lande nahe sein, denn mein Hund witterte Wild. Dies verursachte ein allgemeines Gelächter, durch das ich mich aber in der guten Meinung von meinem Hund gar nicht irremachen ließ.

Nach vielem Streiten für und wider die Sache erklärte ich endlich dem Kapitän mit größter Festigkeit, dass ich zur Nase meines Tray mehr Zutrauen hätte als zu den Augen aller Seeleute an Bord, und schlug ihm daher kühn eine Wette von hundert Guineen vor – der Summe, die ich für diese Reise akkordiert hatte –, wir würden in der nächsten halben Stunde Wild finden.

Der Kapitän – ein herzensguter Mann – fing wieder an zu lachen und ersuchte Herrn Crawford, unsern Schiffschirurgus, mir den Puls zu fühlen. Er tat's und berichtete, ich wäre vollkommen gesund. Darauf entstand ein Geflüster zwischen beiden, wovon ich indes das meiste deutlich genug verstand.

»Er ist nicht recht bei Sinnen«, sagte der Kapitän; »ich kann mit Ehre die Wette nicht annehmen.«

»Ich bin ganz entgegengesetzter Meinung«, erwiderte der Chirurgus. »Es fehlt ihm nicht das Mindeste. Nur verlässt er sich mehr auf den Geruch seines Hundes als auf den Verstand jedes Offiziers an Bord. – Verlieren wird er auf alle Fälle; aber er verdient es auch.«

»So eine Wette«, fuhr der Kapitän fort, »kann von meiner Seite niemals so ganz redlich sein. Indes, es wird desto rühmlicher für mich sein, wenn ich ihm nachher das Geld wieder zurückgebe.«

Während dieser Unterredung blieb Tray immer in derselben Stellung und bestätigte mich noch mehr in meiner Meinung. Ich schlug die Wette zum zweiten Male vor; und sie wurde angenommen.

Kaum war topp und topp auf beiden Seiten gesagt, als einige Matrosen, die in dem langen Boot, das am Heck des Schiffs befestigt war, fischten, einen fabelhaft großen Hai harpunierten, den sie auch sogleich an Bord brachten. Sie fingen an, den Fisch aufzuschneiden, und – siehe! – da entdeckten wir nicht weniger als sechs Paar lebendige Rebhühner im Magen des Tieres.

Diese armen Geschöpfe waren schon so lange in dieser Lage gewesen, dass eine von den Hennen auf fünf Eiern saß, wovon eines gerade ausgebrütet war, als der Hai geöffnet wurde.

Diesen jungen Vogel zogen wir mit einem Wurf kleiner Katzen auf, die wenige Minuten vorher zur Welt gekommen waren. Die alte Katze hatte ihn so lieb wie eines ihrer vierbeinigen Kinder und nahm es erstaunlich übel, wenn das Huhn etwas zu weit wegflog und nicht gleich wieder zurückkommen wollte. – Unter den übrigen Rebhühnern hatten wir vier Hennen, von denen immer eine oder mehrere brüteten, so dass wir während unserer ganzen Reise beständig einen Überfluss an Wildbret auf des Kapitäns Tafel hatten. – Dem armen Tray ließ ich, zum Dank für die hundert Guineen, die ich durch ihn gewonnen hatte, täglich die Knochen geben und bisweilen auch einen ganzen Vogel.

Sechzehntes Kapitel
Zehntes Seeabenteuer. Eine zweite Reise zum Mond

Ich habe Ihnen, meine Herren, schon früher von einer kleinen Reise erzählt, die ich zum Mond machte, um meine silberne Axt wiederzuholen. Ich kam nachher noch einmal auf eine viel angenehmere Art dorthin und blieb lange genug daselbst, um von verschiedenen Dingen mich gehörig zu unterrichten, die ich Ihnen nun so exakt, wie mein Gedächtnis es mir erlaubt, beschreiben will.

Ein weitläufiger Verwandter von mir hatte sich die Grille in den Kopf gesetzt, es müsste notwendig ein Volk geben, das dem an Größe gleichkäme, welches Gulliver in dem Königreich Brobdignag gefunden haben will. Dies auszukundschaften, ging er auf eine Entdeckungsreise und bat mich, ihn zu begleiten. Ich meinesteils hatte nun zwar jene Erzählung nie für mehr gehalten als ein gutes Märchen und glaubte so wenig an ein Brobdignag als an ein Eldorado; indes der Mann hatte mich zum Erben berufen, und ich war ihm also Gefälligkeiten schuldig. Wir kamen auch glücklich in die Südsee, ohne dass uns irgendetwas aufstieß, das verdiente angeführt zu werden; außer einige fliegende Männer und Weiber, die in der Luft Menuett tanzten oder Sprungkünste machten, und dergleichen Kleinigkeiten.

Den achtzehnten Tag, nachdem wir bei der Insel Otahiti vorbeigekommen waren, führte ein Orkan unser Schiff wenigstens tausend Meilen von der Oberfläche des Wassers weg und hielt es geraume Zeit in dieser Höhe. Endlich füllte ein frischer Wind unsere Segel, und nun gings mit unglaublicher Geschwindigkeit fort. Sechs Wochen waren wir über den Wolken gereist, als wir ein großes Land entdeckten, rund und glänzend, gleichsam eine schimmernde Insel. Wir liefen in einen bequemen Hafen ein, gingen ans Ufer und fanden das Land bewohnt. Unter uns sahen wir eine andere Erde mit Städten, Bäumen, Bergen, Flüssen, Seen usw., was, wie wir vermuteten, die Welt war, die wir verlassen hatten. – Im Mond – denn das war die schimmernde Insel, auf der wir gelandet hatten – sahen wir große Gestalten, die auf Geiern ritten, von denen jeder drei Köpfe hatte. Um Ihnen einen Begriff von der Größe dieser Vögel zu geben, muss ich Ihnen sagen, dass die Entfernung von einem Ende ihres Flügels bis zum anderen sechsmal so lang war als das längste Segeltau an unserm Schiff. – Anstatt wir nun in dieser Welt auf Pferden reiten, fliegen die Einwohner des Mondes auf diesen Vögeln umher.

Der König hatte gerade einen Krieg mit der Sonne. Er bot mir eine Offizierstelle an; allein ich verbat mir die Ehre, die Seine Majestät mir zudachte.

Alles ist in dieser Welt außerordentlich groß; eine gewöhnliche Fliege z. B. ist nicht viel kleiner als eines unserer Schafe. Die vorzüglichsten Waffen, deren sich die Einwohner des Mondes im Krieg bedienen, sind Rettiche, die wie Wurfspieße gebraucht werden, und den, der damit verwundet wird, augenblicklich töten. Ihre Schilde sind aus Pilzen gemacht, und wenn die Zeit der Rettiche vorbei ist, vertreten Spargelstangen ihre Stelle.

Ich sah auch hier einige von den Eingeborenen des Hundssterns, die der Handlungsgeist zu dergleichen Streifereien verleitet. Diese haben ein Gesicht wie große Bullenbeißer. Ihre Augen stehen zu beiden Seiten der Spitze oder vielmehr des unteren Endes ihrer Nase. Sie haben keine Augenlider, sondern bedecken ihre Augen, wenn sie schlafen gehen, mit ihrer Zunge. Gewöhnlich sind sie zwanzig Fuß hoch; von den Einwohnern des Mondes aber ist keiner unter sechsunddreißig Fuß. Der Name, den die letzteren führen, ist etwas sonderbar. Sie heißen nicht Menschen, sondern kochende Geschöpfe, weil sie ebenso wie wir ihre Speisen überm Feuer zurechtmachen. Übrigens nimmt ihnen das Essen sehr wenig Zeit weg; denn sie öffnen nur die linke Seite und schieben die ganze Portion auf einmal in den Magen hinein; dann schließen sie wieder zu, bis nach Verfluss eines Monats derselbe Tag wiederkommt. Sie haben mithin das ganze Jahr hindurch nicht mehr als zwölf Mahlzeiten – eine Einrichtung, die jeder, der kein Fresser oder Schlemmer ist, der unsern vorziehen muss.

Die Freuden der Liebe sind auf dem Mond gänzlich unbekannt; denn sowohl unter den kochenden Geschöpfen als allen übrigen Tieren gibt es nur ein einziges Geschlecht. Alles wächst auf Bäumen, die aber nach ihren verschiedenen Früchten auch an Größe und Blättern sich sehr voneinander unterscheiden. Diejenigen, auf denen die kochenden Geschöpfe oder die Menschen wachsen, sind viel schöner als die anderen, haben große, gerade Äste und fleischfarbene Blätter, und ihre Frucht besteht aus Nüssen, die sehr harte Schalen haben und wenigstens sechs Fuß lang werden. Wenn diese reif sind, welches man an der Veränderung ihrer Farbe sehen kann, pflückt man sie sorgfältig und hebt sie so lange, als man es für gut befindet, auf. Will man nun den Samen dieser Nüsse lebendig machen, wirft man sie in einen großen Kessel kochenden Wassers, und in wenigen Stunden öffnen sich die Schalen, und das Geschöpf springt heraus.

Ihr Geist ist immer schon, ehe sie in die Welt kommen, von der Natur zu einer besonderen Bestimmung gebildet. Aus einer Schale kommt ein Soldat, aus einer andern ein Philosoph, aus einer dritten ein Gottesgelehrter, aus einer vierten ein Jurist, aus einer fünften ein Pächter, aus einer sechsten ein Bauer usf.; und jeder fängt sogleich an, sich in der Ausübung dessen, was er vorher bloß theoretisch wusste, zu vervollkommnen. – Der Schale mit Gewissheit anzusehen, was in ihr steckt, ist sehr schwer; doch machte ein lunarischer Theologe zu meiner Zeit mächtigen Lärm, er sei im Besitz dieses Geheimnisses. Man achtete aber wenig auf ihn und hielt ihn durchgängig für krank.

Wenn die Leute auf dem Mond alt werden, sterben sie nicht, sondern lösen sich in Luft auf und verfliegen wie Rauch.

Trinken müssen sie nicht, denn es finden gar keine Ausleerungen bei ihnen statt, ausgenommen durch Aushauchen. Sie haben nur einen Finger an jeder Hand, mit dem sie alles tun können, so gut oder noch besser als wir, die wir außer dem Daumen viere haben.

Ihren Kopf tragen sie unter dem rechten Arm, und wenn sie auf eine Reise oder an eine Arbeit gehen, bei der sie sich heftig bewegen müssen, lassen sie ihn gemeiniglich zu Haus; denn um Rat fragen können sie ihn, sie mögen von ihm entfernt sein, so weit sie wollen. Auch pflegen die Vornehmen unter den Mondbewohnern, wenn sie gerne wissen möchten, was im gemeinen Volk vorgeht, nicht unter dasselbe sich zu begeben. Sie bleiben zu Hause, d. h. ihr Körper bleibt daheim und schickt nur den Kopf aus, der inkognito gegenwärtig sein kann und dann nach Gefallen seines Herrn mit der eingezogenen Kundschaft zurückkehrt.

Die Traubenkerne auf dem Mond sind vollkommen unserem Hagel ähnlich, und ich bin fest davon überzeugt, dass, wenn ein Mondsturm die Trauben von ihren Stielen abschlägt, die Kerne dann auf unsere Erde herunterfallen und den Hagel bilden. Ich glaube auch, dass meine Wahrnehmung manchen Weinverkäufern schon lange bekannt sein muss; wenigstens habe ich öfter Wein bekommen, der aus Hagelkörnern gemacht zu sein schien und vollkommen so schmeckte wie Mondwein.

Einen eigenartigen Umstand hätte ich beinahe vergessen. – Der Bauch tut den Leuten auf dem Mond ganz die Dienste, die uns ein Ranzen tut; sie stecken in ihn hinein, was sie nötig haben, und schließen ihn ebenso wie ihren Magen nach Belieben auf und zu; denn mit Gedärmen, Leber, Herz und anderen Eingeweiden sind sie nicht beschwert, ebenso wenig wie mit Kleidern; sie haben aber auch kein Glied an ihrem ganzen Körper, das ihnen die Schamhaftigkeit zu bedecken gebӧte.

Ihre Augen können sie nach Belieben herausnehmen und einsetzen und ebenso gut damit sehen, wenn sie in ihrem Kopf als wenn sie in ihrer Hand sind. Verlieren oder beschädigen sie zufälligerweise eines, können sie ein anderes borgen oder kaufen und dasselbe so gut gebrauchen wie ihr eigenes. Man trifft daher allenthalben auf dem Mond Leute an, die mit Augen handeln; und in dieser einzigen Angelegenheit haben alle Einwohner durchaus ihre Grillen; bald sind grüne, bald gelbe Augen Mode.

Ich gestehe, diese Dinge klingen seltsam; aber ich stelle es jedem, der den geringsten Zweifel hegt, frei, selbst zum Mond zu reisen und sich zu überzeugen, dass ich der Wahrheit so getreu geblieben bin als vielleicht nur wenige andere Reisende.

Siebzehntes Kapitel
Reise durch die Welt nebst andern merkwürdigen Abenteuern

Wenn ich Ihren Augen trauen darf, meine Herren, so möchte ich wohl eher müde werden, Ihnen sonderbare Begebenheiten meines Lebens zu erzählen, als Sie, mich anzuhören. Ihre Gefälligkeit ist mir zu schmeichelhaft, als dass ich, wie ich mir vorgenommen hatte, mit meiner Reise zum Mond meine Erzählung beschließen sollte. Hören Sie also, wenn es Ihnen beliebt, noch eine Geschichte, die an Glaubwürdigkeit der letztern gleichkommt, an Ausgefallenheit und Wunderbarkeit sie vielleicht noch übertrifft.

Brydones Reisen nach Sizilien, die ich mit ungemeinem Vergnügen gelesen habe, machten mir Lust, den Berg Ätna zu besuchen. Auf meinem Weg dorthin stieß mir nichts Seltsames auf. Ich sage mir; denn mancher andere hätte wohl einiges äußerst merkwürdig gefunden und zum Ersatz der Reisekosten umständlich dem Publikum erzählt, was mir alltägliche Kleinigkeit war, womit ich keines ehrlichen Mannes Geduld ermüden mag.

Eines Morgens reiste ich früh aus einer am Fuß des Bergs gelegenen Hütte ab, fest entschlossen, auch wenn es auf Kosten meines Lebens geschehen sollte, die innere Einrichtung dieser berühmten Feuerpfanne zu untersuchen und auszuforschen. Nach einem mühseligen Weg von drei Stunden befand ich mich auf der Spitze des Berges. Er tobte damals gerade und hatte schon drei Wochen lang gewütet. Wie er unter solchen Umständen aussieht, ist schon so oft geschildert worden, dass, wenn Schilderungen es darstellen können, ich auf alle Fälle zu spät komme; und wenn sie, wie ich aus Erfahrung sagen darf, es nicht können, so wird es am besten sein, wenn nicht auch ich noch über dem Versuch einer Unmöglichkeit Zeit verliere und Sie die gute Laune.

Ich ging dreimal um den Krater herum – den Sie sich als einen ungeheuren Trichter vorstellen können –, und als ich sah, dass ich dadurch wenig oder nichts klüger wurde, fasste ich kurz und gut den Entschluss, hineinzustürzen. Kaum hatte ich dies getan, befand ich mich in einem verzweifelt warmen Schwitzkasten, und mein armer Leichnam wurde durch die rotglühenden Kohlen, die ständig heraufschlugen, an mehreren Teilen, edlen und unedlen, jämmerlich gequetscht und verbrannt.

So stark übrigens die Gewalt war, mit der die Kohlen heraufgeschmissen wurden, so war doch die Schwere, mit der mein Körper heruntersank, beträchtlich größer, und ich geriet in kurzer Zeit glücklicherweise auf den Grund. Das erste, dessen ich gewahr wurde, war ein abscheuliches Poltern, Lärmen, Schreien und Fluchen, das rings um mich zu sein schien. – Ich schlug die Augen auf, und siehe da! – ich war in der Gesellschaft des Vulkans und seiner Zyklopen. Diese Herren – die ich in meinem weisen Sinne längst ins Reich der Lügen verwiesen – hatten sich seit drei Wochen über Ordnung und Subordination gezankt, und davon war der Unfug in der Oberwelt gekommen. Meine Erscheinung stellte auf einmal unter der ganzen Gesellschaft Friede und Eintracht her. Vulkan hinkte sogleich zu seinem Schrank und holte Pflaster und Salben, die er mir mit eigener Hand auflegte; und in Sekunden waren meine Wunden geheilt. Auch setzte er mir einige Erfrischungen vor, eine Flasche Nektar und andere kostbare Weine, wie nur Götter und Göttinnen sie zu kosten kriegen. Sobald ich mich etwas erholt hatte, stellte er mich seiner Gemahlin, der Venus, vor und befahl ihr, mir jede Bequemlichkeit zu verschaffen, die meine Lage forderte. Die Schönheit des Zimmers, in das sie mich führte, die Wollust des Sofas, auf das sie mich setzte, der göttliche Zauberreiz ihres ganzen Wesens, die Zärtlichkeit ihres weichen Herzens – all das ist weit über jeden sprachlichen Ausdruck erhaben, und schon der Gedanke daran macht mich schwindeln.

Vulkan gab mir eine genaue Beschreibung vom Berg Ätna. Er sagte mir, dass derselbe nichts als eine Aufhäufung der Asche wäre, die aus seiner Esse ausgeworfen würde, dass er häufig genötigt wäre, seine Leute zu strafen, dass er ihnen dann im Zorn rotglühende Kohlen auf den Leib würfe, die sie oft mit großer Geschicklichkeit parierten und in die Welt hinaufschmissen, um sie ihm aus den Händen zu bringen. »Unsere Uneinigkeiten«, fuhr er fort, »dauern bisweilen mehrere Monate, und die Erscheinungen, die sie auf der Welt veranlassen, sind das, was ihr Sterbliche, wie ich finde, Ausbrüche nennt. Der Berg Vesuv ist gleichfalls eine meiner Werkstätten, zu der mich ein Weg führt, der wenigstens dreihundertundfünfzig Meilen unter der See hinläuft. – Ähnliche Uneinigkeiten bringen auch dort ähnliche Ausbrüche hervor.«

Gefiel mir der Unterricht des Gottes, so entzückte mich noch mehr die Gesellschaft seiner Gemahlin, und ich würde vielleicht nie diese unterirdischen Paläste verlassen haben, wenn nicht einige geschäftige, schadenfrohe Schwätzer Vulkan einen Floh ins Ohr gesetzt und ein heftiges Feuer der Eifersucht in seinem gutmütigen Herzen angeblasen hätten. – Ohne mir vorher nur den geringsten Wink zu geben, nahm er mich eines Morgens, als ich eben der Göttin bei ihrer Toilette aufwarten wollte, trug mich in ein Zimmer, das ich bis dahin noch nie gesehen hatte, hielt mich über einen tiefen Brunnen, wie es mir vorkam, und: »Undankbarer Sterblicher«, sagte er, »kehre zurück in die Welt, von der du kamst.« Mit diesen Worten ließ er mich, ohne mir einen Augenblick Zeit zur Verteidigung zu geben, mitten in den Abgrund stürzen. Ich fiel und fiel mit zunehmender Geschwindigkeit, bis die Angst meiner Seele mir endlich alle Besinnung raubte. Plötzlich aber wurde ich aus meiner Ohnmacht erweckt, indem ich auf einmal in eine ungeheure See von Wasser kam, die durch die Strahlen der Sonne erleuchtet wurde. Ich konnte von meiner Jugend an gut schwimmen und alle möglichen Wasserkünste machen. Daher fühlte ich mich ruckzuck wie zu Hause, und in Vergleichung mit der fürchterlichen Lage, aus der ich eben befreit worden war, kam mir meine gegenwärtige wie ein Paradies vor. – Ich schaute mich auf allen Seiten um, sah aber leider auf allen Seiten nichts als Wasser; auch unterschied sich das Klima, in dem ich mich nun befand, sehr unbehaglich von Meister Vulkans Esse. Endlich entdeckte ich in einiger Entfernung etwas, das wie ein erstaunlich großer Felsen aussah und auf mich zuzukommen schien. Bald zeigte sichs, dass es eines der schwimmenden Eisgebirge war. Nach langem Suchen fand ich endlich eine Stelle, an der ich auf dasselbe hinauf und bis zur obersten Spitze klettern konnte. Allein zu meiner größten Verzweiflung war es mir auch von hier aus noch unmöglich, Land zu entdecken. Endlich, kurz vor Dunkelwerden, sah ich ein Schiff, das in meine Richtung fuhr. Sobald ich nahe genug war, schrie ich; man antwortete mir holländisch; ich sprang in die See, schwamm zum Schiff hin und wurde an Bord gezogen. Ich erkundigte mich, wo wir wären, und erhielt die Antwort: im Südmeer.

Diese Enthüllung löste auf einmal das ganze Rätsel. Es war nun ausgemacht, dass ich vom Berg Ätna durch den Mittelpunkt der Erde in die Südsee gefallen war; ein Weg, der auf alle Fälle kürzer ist als der um die Welt. Noch hatte ihn niemand als ich versucht, und mache ich ihn wieder, werde ich gewiss sorgfältigere Beobachtungen anstellen.

Ich ließ mir einige Erfrischungen bringen und ging zu Bett. Ein grobes Volk aber sind die Holländer. Ich erzählte meine Abenteuer den Offizieren ebenso aufrichtig und simpel wie Ihnen, meine Herren, und einige davon, vorzüglich der Kapitän, machten Miene, als zweifelten sie an meiner Wahrhaftigkeit. Indes, sie hatten mich freundlich in ihr Schiff aufgenommen, ich musste durchaus von ihrer Gnade leben, und folglich wollte ich wohl oder übel den Schimpf in die Tasche stecken.

Ich erkundigte mich nun, wohin ihre Reise ginge. Sie antworteten mir, sie wären auf neue Entdeckungen ausgefahren, und wenn meine Erzählung wahr wäre, so sei ihre Absicht auf alle Fälle erreicht. Wir waren nun gerade auf dem Weg, den Kapitän Cook gemacht hatte, und kamen am nächsten Morgen nach der Botany-Bay – ein Ort, an den die englische Regierung wahrhaftig nicht Spitzbuben schicken sollte, um sie zu bestrafen, sondern verdiente Männer, um sie zu belohnen, so reich hat hier die Natur ihre besten Geschenke ausgeschüttet.

Wir blieben hier nur drei Tage; den vierten nach unserer Abreise entstand ein fürchterlicher Sturm, der innerhalb weniger Stunden all unsere Segel zerriss, unseren Bugspriet zersplitterte und die große Bramstenge umlegte, die gerade auf das Behältnis krachte, in dem unser Kompass verschlossen war, und das Kästchen und den Kompass in Stücke zerschlug. Jedermann, der zur See gefahren ist, weiß, von welchen traurigen Folgen ein solcher Verlust ist. Wir wussten weder aus noch ein. Endlich legte sich der Sturm, und es folgte ein anhaltender munterer Wind. Drei Monate waren wir gefahren, und notwendig mussten wir eine ungeheure Strecke Weg zurückgelegt haben, als wir auf einmal an allem, was um uns war, eine erstaunliche Veränderung bemerkten. Wir wurden so leicht und froh; unsere Nasen wurden mit den angenehmsten Balsamdüften erfüllt; auch die See hatte ihre Farbe gewechselt und war nicht mehr grün, sondern weiß.

Bald nach dieser wundervollen Veränderung sahen wir Land und nicht weit von uns einen Hafen, auf den wir zusegelten und den wir sehr geräumig und tief fanden. Statt des Wassers war er mit vortrefflich schmeckender Milch angefüllt. Wir landeten, und – die ganze Insel bestand aus einem großen Käse. Wir hätten dies vielleicht gar nicht entdeckt, wenn uns nicht ein sonderbarer Umstand auf die Spur geholfen hätte. Es war nämlich auf unserem Schiff ein Matrose, der eine natürliche Antipathie gegen Käse verspürte. Sobald dieser ans Land trat, fiel er in Ohnmacht. Als er wieder zu sich kam, bat er, man möchte doch den Käse unter seinen Füßen wegnehmen, und da man zusah, fand sichs, dass er vollkommen recht hatte, die ganze Insel war, wie gesagt, nichts als ein ungeheurer Käse. Von dem lebten auch die Einwohner größtenteils, und so viel bei Tage verzehrt wurde, wuchs immer des Nachts wieder nach. Wir sahen eine Menge Weinstöcke mit schönen großen Trauben, die, wenn sie gepresst wurden, nichts als Milch gaben. Die Einwohner waren aufrecht gehende, hübsche Geschöpfe, meistens neun Fuß hoch, hatten drei Beine und einen Arm, und wenn sie erwachsen waren, auf der Stirn ein Horn, das sie mit großer Geschicklichkeit gebrauchten. Sie hielten auf der Oberfläche der Milch Wettläufe ab und spazierten, ohne einzusinken, mit so viel Anstand darauf herum wie wir auf einer Wiese. Auch wuchs auf dieser Insel oder diesem Käse eine Menge Korn, mit Ähren, die wie Erdschwämme aussahen, in denen Brote lagen, die vollkommen gar waren und sogleich gegessen werden konnten. Auf unseren Streifereien über diesen Käse entdeckten wir sieben Flüsse von Milch und zwei von Wein.

Nach einer sechzehntägigen Reise kamen wir an das Ufer, das dem, an welchem wir gelandet waren, gegenüberlag. Hier fanden wir eine ganze

Strecke des angelaufenen blauen Käses, aus dem die wahren Käseesser so viel Wesens zu machen pflegen. Anstatt aber Milben darin gewesen wären, wuchsen die vortrefflichsten Obstbäume darauf, Pfirsiche, Aprikosen und tausend andere Arten, die wir gar nicht kannten. Auf diesen Bäumen, die erstaunlich groß sind, waren viele Vogelnester. Unter anderen stach uns ein Eisvogelnest in die Augen, das im Umkreis fünfmal so groß war als das Dach der St. Paulskirche in London. Es war künstlich aus ungeheuren Bäumen zusammengeflochten, und es lagen wenigstens – warten Sie – denn ich mag gern alles exakt bestimmen – wenigstens fünfhundert Eier darin, und jedes war beinahe so groß als ein Oxhoft. Die Jungen darin konnten wir nicht nur sehen, sondern auch pfeifen hören. Als wir mit großer Mühe ein solches Ei aufgemacht hatten, kam ein junges unbefiedertes Vögelchen heraus, das ein gut Teil größer war als zwanzig ausgewachsene Geier. Wir hatten kaum das junge Tier in Freiheit gesetzt, ließ sich der alte Eisvogel herunter, packte in eine seiner Klauen unsern Kapitän, flog eine Meile weit mit ihm hoch, schlug ihn heftig mit den Flügeln und ließ ihn dann in die See stürzen.

Die Holländer schwimmen alle wie die Ratten; er war bald wieder bei uns, und wir kehrten zu unserem Schiff zurück. Wir nahmen aber nicht den alten Weg und fanden daher auch noch viele ganz neue und sonderbare Dinge. Unter anderem schossen wir zwei wilde Ochsen, die nur ein Horn haben, das ihnen zwischen den beiden Augen herauswächst. Es tat uns nachher leid, dass wir sie erlegt hatten, da wir erfuhren, dass die Einwohner sie zahm machen und, wie wir die Pferde, zum Reiten und Fahren gebrauchen. Ihr Fleisch soll, wie man uns sagte, vortrefflich schmecken, ist aber für ein Volk, das bloß von Milch und Käse lebt, gänzlich überflüssig.

Als wir noch zwei Tagesreisen von unserm Schiff entfernt waren, sahen wir drei Leute, die an hohe Bäume bei den Beinen aufgehängt waren. Ich erkundigte mich, was sie begangen hätten, um eine so harte Strafe zu erleiden, und hörte, sie wären in der Fremde gewesen und hätten bei ihrer Zurückkunft nach Hause ihre Freunde belogen und ihnen Plätze beschrieben, die sie nie gesehen, und Dinge erzählt, die sich nie zugetragen hätten. Ich fand die Strafe sehr gerecht; denn nichts ist mehr eines Reisenden Schuldigkeit, als streng der Wahrheit anzuhängen.

Sobald wir bei unserm Schiff angelangt waren, lichteten wir die Anker und segelten von diesem außerordentlichen Land ab. Alle Bäume am Ufer, unter denen einige sehr große und hohe waren, verneigten sich zweimal vor uns, genau im selben Tempo, und nahmen dann wieder ihre vorige gerade Stellung ein.

Nachdem wir drei Tage umhergesegelt waren, der Himmel weiß wo – denn wir hatten noch immer keinen Kompass –, kamen wir in eine See, welche ganz schwarz aussah. Wir kosteten das vermeintlich schwarze Wasser, und siehe, es war der vortrefflichste Wein. Nun hatten wir genug zu verhüten, dass nicht alle Matrosen sich berauschten. – Allein die Freude dauerte nicht lange. Wenige Stunden nachher fanden wir uns von Walfischen und anderen unermesslich großen Tieren umzingelt, unter denen eines war, dessen Größe wir selbst mit allen Fernrohren, die wir zu Hilfe nahmen, nicht übersehen konnten. Leider wurden wir das Ungeheuer nicht eher gewahr, als bis wir ihm ziemlich nah waren; und auf einmal zog es unser Schiff mit stehenden Masten und vollen Segeln in seinen Rachen zwischen die Zähne, gegen die der Mast des größten Kriegsschiffs ein winziges Stöckchen ist. Nachdem wir einige Zeit in seinem Rachen gelegen hatten, öffnete es denselben ziemlich weit, schluckte eine unermessliche Menge Wasser und schwemmte unser Schiff, das, wie Sie sich leicht denken können, kein kleiner Bissen war, in den Magen hinunter. Und hier lagen wir nun so ruhig, als lägen wir bei einer toten Windstille vor Anker. Die Luft war, das ist nicht zu leugnen, etwas warm und unbehaglich. – Wir fanden Anker, Taue, Boote, Barken und eine beträchtliche Anzahl Schiffe, teils beladen, teils unbeladen, die dieses Geschöpf verschlungen hatte. Alles, was wir taten, musste bei Fackeln geschehen. Für uns gab es keine Sonne, keinen Mond und keine Planeten mehr. Gewöhnlich schwammen wir zweimal am Tag oben im Wasser und zweimal auf dem Grund. Wenn das Tier trank, hatten wir Flut, und wenn es sein Wasser ließ, waren wir auf dem Grund. Nach vorsichtiger Schätzung nahm es gemeiniglich mehr Wasser zu sich, als der Genfer See hält, der doch einen Umfang von dreißig Meilen hat.

Am zweiten Tag unserer Gefangenschaft in diesem Reich der Nacht wagte ich es bei Ebbe, wie wir die Zeit nannten, wenn das Schiff auf dem Grunde saß, nebst dem Kapitän und einigen Offizieren, eine kleine Streiferei zu tun. Wir hatten uns natürlich alle mit Fackeln versehen und trafen nun an die zehntausend Menschen aus allen Nationen an. Sie wollten gerade beratschlagen, wie sie wohl ihre Freiheit wiedererlangen könnten. Einige von ihnen hatten schon mehrere Jahre im Magen des Tiers zugebracht. Eben als der Präsident uns über die Sache unterrichten wollte, wegen der wir versammelt waren, wurde unser verfluchter Fisch durstig und fing an zu trinken; das Wasser strömte mit solcher Heftigkeit herein, dass wir alle uns augenblicklich auf unsere Schiffe retirieren oder riskieren mussten, zu ertrinken. Verschiedene von uns retteten sich nur mit knapper Not durch Schwimmen.

Einige Stunden später waren wir glücklicher. Sobald sich das Ungeheuer ausgeleert hatte, versammelten wir uns wieder. Ich wurde zum Präsidenten gewählt und machte den Vorschlag, zwei der größten Mastbäume zusammenzufügen, diese, wenn das Ungeheuer den Rachen öffnete, zwischenzusperren und so das Zuschließen ihm zu verwehren. Dieser Vorschlag wurde allgemein angenommen und hundert starke Männer zur Ausführung desselben ausgesucht. Kaum hatten wir unsere zwei Mastbäume zurechtgemacht, bot sich auch eine Gelegenheit an, sie zu gebrauchen. Das Ungeheuer gähnte, und sogleich keilten wir unsere zusammengesetzten Mastbäume dazwischen, so dass das eine Ende durch die Zunge hindurch gegen den unteren Gaumen, das andere gegen den oberen stand; wodurch dann wirklich das Zumachen des Rachens ganz unmöglich gemacht war, selbst wenn unsere Masten noch viel schwächer gewesen wären.

Sobald nun alles im Magen flott war, bemannten wir einige Boote, die sich und uns in die Welt ruderten. Das Licht des Tages bekam uns nach einer, soviel wir beiläufig rechnen konnten, vierzehntägigen Gefangenschaft unsagbar wohl. – Als wir uns alle aus diesem geräumigen Fischmagen beurlaubt hatten, gewahrten wir gerade eine Flotte von fünfunddreißig Schiffen aus allen Nationen. Unsere Mastbäume ließen wir im Rachen des Ungeheuers stecken, um andere vor dem schrecklichen Unglück zu beschützen, in diesen fürchterlichen Abgrund von Nacht und Kot eingesperrt zu werden.

Unser dringlichster Wunsch war nun, zu erfahren, in welchem Teil der Welt wir uns befänden, und anfänglich konnten wir darüber gar keine Gewissheit bekommen. Endlich urteilte ich nach vormaligen Beobachtungen, dass wir in der Kaspischen See wären. Weil diese See ganz von Land umgeben ist und keinerlei Verbindung mit andern Gewässern hat, erschien es uns ganz unbegreiflich, wie wir dahin gekommen waren. Doch einer von den Einwohnern der Käseinsel, den ich mitgebracht hatte, gab uns sehr vernünftigen Aufschluss darüber. Nach seiner Meinung hatte uns nämlich das Ungeheuer, in dessen Magen wir so lange eingesperrt waren, auf irgendeinem unterirdischen Weg hierher transportiert. – Genug, wir waren nun einmal da und freuten uns, dass wir da waren, und machten, dass wir so bald als möglich ans Ufer kamen. Ich war der erste, der landete.

Kaum hatte ich meinen Fuß aufs Trockene gesetzt, kam ein dicker Bär angesprungen. Ha! dacht ich, du kommst mir gerade recht. Ich packte mit jeder Hand eine seiner Vorderpfoten und drückte ihn zum Willkomm so herzlich, dass er gräulich zu heulen anfing; ich aber, ohne mich dadurch rühren zu lassen, behielt ihn so lange in dieser Stellung, bis ich ihn zu Tode gehungert hatte. Dadurch setzte ich mich bei allen Bären in Respekt und keiner wagte mehr, mir wieder in die Quere zu kommen.

Ich reiste von hier aus nach Petersburg und bekam dort von einem alten Freund ein Geschenk, welches mir außerordentlich teuer war, nämlich einen

Jagdhund, der von der berühmten Hündin abstammte, die, wie ich Ihnen schon erzählte, während sie einen Hasen jagte, Junge warf. Leider wurde er mir bald nachher von einem ungeschickten Jäger erschossen, der statt einer Kette Hühner den Hund traf. Ich ließ mir zum Andenken aus dem Fell des Tieres diese Weste hier machen, die mich immer, wenn ich zur Jagdzeit ins Feld gehe, unwillkürlich dahin bringt, wo Wild zu finden ist. Bin ich nun nah genug, um schießen zu können, fliegt ein Knopf von meiner Weste weg und fällt auf die Stelle nieder, wo das Tier ist; und da ich immer meinen Hahn gespannt und Pulver auf der Pfanne habe, entgeht mir nichts. – Ich habe nun, wie Sie sehen, nur noch drei Knöpfe übrig, sobald aber die Jagd wieder angeht, soll meine Weste auch wieder mit zwei neuen Reihen besetzt werden.

Besuchen Sie mich alsdann, und an Unterhaltung soll es Ihnen gewiss nicht mangeln. Übrigens für heute empfehle ich mich und wünschte Ihnen angenehme Ruhe.

Lukian von Samosata

Wahre Geschichten
(Ἀληθῶν Διηγημάτων)

Ins Deutsche übertragen von August Friedrich Pauly

[J. B. Metzler, Stuttgart 1827]

Durchgesehen und revidiert von Joerg K. Sommermeyer

Der wahren Geschichte erstes Buch

[*Vorwort*]

1. So wie die Athleten und überhaupt alle, welche durch Übungen ihre Körperkräfte auszubilden suchen, nicht bloß auf Übungsmittel, sondern auch auf zweckmäßige Erholungen bedacht sind, und diese als einen wesentlichen Teil ihrer auf Erhöhung körperlicher Vorzüge berechneten Lebensordnung betrachten: ebenso halte ich es auch denen, welche sich ernsten wissenschaftlichen Beschäftigungen widmen, für zuträglich, ihrem Geist nach anhaltenden und anstrengenden Studien eine Erholung zu gönnen, und ihn dadurch für künftige Arbeiten desto tüchtiger zu machen.

2. Für diesen Zweck der Erholung wüsste ich nichts Geeigneteres, als eine Lektüre, welche durch gefälligen und heitern Witz ebenso sehr zur Gemütsergötzung diente, als zugleich in dieser anmutigen Gestalt eine heilsame Belehrung darböte. Ich wage zu hoffen, dass von meinen Lesern ein Urteil dieser Art über gegenwärtige Aufsätze gefällt werden wird. Was diese Anziehendes haben dürften, wird nicht bloß in dem Abenteuerlichen des Inhalts an sich, noch im scherzhaften Gedanken, ein buntes Allerlei von Lügen im ernsthaften Ton der Wahrheit vorzubringen, sondern auch darin liegen, dass mit jeder einzelnen der in denselben enthaltenen Schilderungen nicht ohne komische Wirkung auf diejenigen unter den alten Dichtern, Geschichtsschreibern und Philosophen angespielt wird, welche uns Fabeln und Wunderdinge zuhauf schriftlich hinterlassen haben, und die ich hier alle namentlich aufführen könnte, wenn sie sich nicht dem Leser bald genug selbst verraten würden.

3. So hat Ktesias, Ktesiochos Sohn, aus Knidos [um 400 v. Chr. Arzt am Hof des Perserkönigs Artaxerxes, soll Persische und Indische Geschichten mythischer Art verfasst haben], in seinem Buch über Indien Dinge geschrieben, die er weder selbst gesehen, noch von irgendjemand erzählen gehört hatte. Von einem gewissen Iambulos haben wir ein Werk voller Wunderdinge [utopischer Reiseroman, 3. Jahrhundert v. Chr], welche er dem großen Ozean, wie sich mit Händen greifen lässt, angedichtet hat, wiewohl er diesen (selbstgeschaffenen) Stoff nicht unergötzlich ausführte. Viele andere haben sich, in demselben Geist, zur Aufgabe gemacht, uns ihre weiten Reisen, ihre Irrfahrten zu beschreiben, und von ungeheuren Bestien, wilden und grausamen Menschen, seltsamen Sitten und Gebräuchen zu erzählen. Der große Vorgänger und Lehrmeister all dieser Possenreißer ist kein anderer als Homers Ulysses (Ulixes, Odysseus), der dem Alkinoos und seinen einfältigen Phäaken lang und breit von den Winden und dem strengen Regiment, unter welchem sie stehen, von einäugigen Menschenfressern und anderen dergleichen Wilden erzählte, von vielköpfigen Tieren, von Zauberinnen, die seine Gefährten verwandelt, und noch andere Mirakel dieser Art auf die Nase band.

4. Ich gestehe, dass ich all diesen Leuten, so viele mir deren vorgekommen sind, das Lügen an und für sich um so weniger zum Vorwurf machen konnte, als ich sah, wie geläufig dasselbe sogar Männern ist, welche sich den Titel Philosophen beilegen: nur darüber musste ich mich wundern, wie jene sich einbilden konnten, die

Leser würden nicht merken, dass an ihren Erzählungen kein wahres Wort sei. Zugleich war ich eitel genug, der Nachwelt auch ein Werkchen von meiner Feder hinterlassen zu wollen, um nicht allein auf das Recht und die Freiheit, Mythen zu schaffen, verzichten zu müssen. Denn Wahres zu erzählen hatte ich nichts (was ich in meinem Leben erfahren, ist der Rede nicht wert); und so musste ich mich zur Lüge entschließen, doch so, dass ich dabei ein wenig aufrichtiger, als die Übrigen, zu Werke ginge. Denn ich sage doch wenigstens die eine Wahrheit: ich lüge. Durch dieses freie Geständnis hoffe ich allen Vorwürfen wegen des Inhalts meiner Geschichte zu entgehen. So erkläre ich denn feierlich: „Ich schreibe von Dingen, die ich weder selbst gesehen, noch erfahren, noch von andern gehört habe, und die eben so wenig wirklich, als je möglich sind." Nun glaube sie, wer da Lust hat!

****

5. Ich schiffte mich einstmals bei den Säulen des Herakles [Gibraltar] ein, und steuerte mit gutem Ostwind in den westlichen Ozean. Was mich zu dieser Reise trieb, war der lautere Vorwitz, und was ich damit beabsichtigte, war, neue Dinge kennen zu lernen und zu erfahren, wo der Ozean aufhöre, und was wohl das für Leute sein mögen, die jenseits desselben wohnen. Zu diesem Zweck hatte ich eine gewaltige Ladung Lebensmittel und einen gehörigen Vorrat süßen Wassers an Bord genommen, und fünfzig meiner Kameraden mir zugesellt, die mit mir von ganz gleicher Gesinnung waren. Zugleich war ich mit einer sehr ansehnlichen Menge von Waffen versehen, hatte den geschicktesten Steuermann, den ich bekommen konnte, mit sehr hohem Gehalt in meine Dienste genommen, und mein Fahrzeug, einen Schnellsegler, in den besten Stand versetzt, um eine lange und gefahrvolle Seefahrt zu bestehen.

6. Den ersten Tag und die erste Nacht ging es mit gutem Wind, und in ziemlich sanfter, gemäßigter Bewegung vorwärts: das Land blieb uns noch immer zur Seite sichtbar. Allein gleich mit Anbruch des folgenden Tags wurde der Wind stärker, die See ging immer höher, der Himmel hüllte sich in Dunkel, und wir waren nicht einmal mehr im Stande, das Segel einzuholen. Es blieb uns also nichts übrig, als uns dem Wind gänzlich zu überlassen, und so trieben wir unter den furchtbarsten Stürmen neunundsiebzig Tage lang umher. Am achtzigsten aber brach auf einmal die Sonne aus den Wolken hervor, und wir sahen eine hohe, dichtbewaldete Insel vor uns, um welche die Wogen, deren Ungestüm sich schnell gelegt hatte, ohne Brandung spielten. Wir landeten, stiegen aus und legten uns, um nach so lange ausgestandenem Ungemach auszuruhen, zur Erde nieder. Nachdem wir geraume Zeit so gelegen hatten, erhoben wir uns endlich, wählten dreißig aus unserer Mitte, die zur Bewachung des Schiffes zurückbleiben mussten; wir einundzwanzig Übrigen aber gingen landeinwärts, um die Insel genauer zu erforschen.

7. Kaum mochten wir drei Stadien [1 stádion lange Rennbahn im altgriechischen Olympia; Längenmaß: 179-213 m] vom Gestade durch den Wald gegangen sein, als wir einer ehernen Säule ansichtig wurden, auf welcher in halberloschenen, vom Rost zerfresse-

nen, griechischen Buchstaben zu lesen war: Bis hierher sind Herakles (Hercules) und Dionysos (Bacchus) gekommen. Neben derselben bemerkten wir zwei in einen Fels gedrückte Fußstapfen, wovon die eine einen Morgen [mit einem einscharigen Pferde- oder Ochsenpflug an einem Vormittag pflügbare Fläche] Landes groß, die andere etwas kleiner war. Die letztere war, wie ich vermute, von Bacchus, die größere von Herkules. Wir verrichteten unser Gebet zu diesen Gottheiten und gingen weiter, waren aber noch nicht lange gegangen, als wir vor einem Fluss standen, der einen auf Chios ganz ähnlichen reinen Wein, und zwar in so reichlicher Menge führte, dass er an mehreren Stellen sogar Schiffe hätte tragen können. Um so mehr mussten wir also jener Inschrift Glauben schenken, da wir hier einen so augenscheinlichen Beweis von des Dionysos einstiger Anwesenheit vor uns hatten. In der Absicht, den Ursprung dieses Flusses zu erkunden, gingen wir längs demselben hinan, fanden aber keine Quelle, wohl aber außerordentlich viele gewaltige Weinreben, die voller Trauben hingen, und an denen der klare Wein tropfenweise herabbrann, woraus sich nach und nach der Fluss bildete. Auch waren in demselben viele Fische zu sehen, die nach Farbe und Geschmack ganz diesem Wein glichen. Wir fingen einige derselben und verzehrten sie, wurden aber sehr dadurch berauscht; und als wir sie genauer untersuchten, fanden wir, dass sie inwendig voller Hefe waren. Später kamen wir auf den Gedanken, diese Weinfische mit Wasserfischen zu mischen, und es gelang uns, die allzu große Stärke des Weingerichts dadurch zu mildern.

8. Wir durchwateten den Fluss an einer Stelle, wo er sehr seicht war, und stießen nun auf eine außerordentlich wunderbare Art von Weinreben. Unten am Boden bestanden sie aus einem sehr kräftigen und dicken Stamm, weiter aufwärts aber waren es Mädchen, die bis auf die Hüften herab an allen Teilen vollkommen ausgebildet waren, gerade wie man bei uns die Daphne [Apoll, vom goldenen Liebespfeil des Eros getroffen, verliebte sich in die von dessen bleiernem Pfeil verwundete, damit für Liebe unempfängliche Bergnymphe. Um der Verfolgung Apolls zu entgehen, ließ sie sich von ihrem Vater in einen Lorbeerbaum verwandeln.] malt, wie sie in dem Augenblick, wo Apoll sie fassen will, zum Baume wird. Aus ihren Fingerspitzen sprossten Schößlinge, die voller Trauben hingen, und sogar um ihre Köpfe schlangen sich statt der Haare Weinranken mit Laub und Trauben. Freundlich grüßend kamen sie auf uns zu und hießen uns willkommen: die meisten sprachen griechisch, einige auch lydisch und indisch. Sie küssten uns auch auf den Mund; aber wer geküsst wurde, fühlte sich auf der Stelle betrunken und verwirrt. Dass man Beeren von ihnen abpflückte, litten sie nicht, sondern schrien vor Schmerz laut auf, sowie man welche abreißen wollte. Einige derselben bekundeten sogar Lust, sich mit uns zu paaren, allein zwei meiner Gefährten, die sich verführen ließen, konnten sich nicht wieder losmachen, sondern wuchsen und wurzelten dergestalt mit ihnen zu einem Gewächs zusammen, dass auch ihnen die Finger in Sprösslinge ausliefen, und Weinranken sich um ihre Köpfe wanden; und es wird nicht lange gedauert haben, bis auch aus ihnen Trauben wachsen würden.

9. Wir verließen sie und eilten zu unserem Schiff, um unseren zurückgebliebenen Gefährten alles, was wir gesehen, besonders aber das Schicksal der beiden Freunde zu erzählen, wie sie halb zu Rebstöcken geworden wären. Hier füllten wir einige

Fässer mit süßem Wasser, einige andere mit Wein aus dem Fluss, übernachteten in der Nähe des letzteren, und lichteten dann bei Anbruch des folgenden Tages bei mäßigem Wind die Anker. Um die Mittagszeit aber, als die Insel bereits außer Sicht war, überfiel uns mit einem Male eine Wasserhose, die unser Schiff blitzschnell im Kreis herumwirbelte, in eine Höhe von siebenundsiebzig Meilen emporhob, und nicht wieder auf dem Meer absetzte, sondern hoch in den Lüften schweben ließ, wo dann ein frischer Wind unsere Segel blähte und uns sanft über den Wolken dahin führte.

10. Sieben Tage und sieben Nächte hatten wir so auf unserer Luftfahrt zugebracht, als wir endlich am achten eine Art von Erde in der Luft zu Gesicht bekamen, gleich einer großen, kugelförmigen, von hellglänzendem Licht erleuchteten Insel. Wir steuerten auf sie zu, legten an, stiegen ans Land, und fanden bei näherer Untersuchung, dass es bewohnt und bestellt war. Solange es Tag war, konnten wir nichts anderes sehen, aber kaum war die Nacht hereingebrochen, erschienen noch allerhand Inseln in der Nähe, einige größer, andere kleiner, und alle feuerfarben. Unten in der Tiefe gewahrten wir noch ein anderes Land mit Städten, Flüssen, Meeren, Wäldern und Gebirgen, weshalb wir dann vermuteten, dass das unsere Heimaterde sein müsse.

11. Wir waren schon entschlossen, weiter vorzudringen, als wir auf einen Trupp Geierritter oder Hippogypen, wie sie dort heißen, stießen, und sogleich von ihnen festgenommen wurden. Diese Hippogypen sind Männer, die auf ungeheuer großen, meist dreiköpfigen Geiern reiten, und diese Vögel so gut, wie wir die Pferde, zu regieren wissen. Wie groß sie sind, kann man daraus entnehmen, dass jede ihrer Schwungfedern dicker und länger als der Mastbaum des größten Kauffahrteischiffs ist. Diese Geierritter nun haben die Obliegenheit, auf der ganzen Insel umherzufliegen, und wo sie irgendeinen Fremden antreffen, ihn sogleich vor den König zu bringen. So erging es also auch uns. Als der König uns sah, folgerte er sogleich aus unserer Tracht, woher wir wären, und rief uns zu: „Also Griechen sei ihr, Fremdlinge?" Wir bejahten. „Wie seid ihr denn", fuhr er fort, „über diesen gewaltigen Luftraum zu uns heraufgekommen?" Da erzählten wir ihm dann den ganzen Verlauf der Sache. Hierauf nahm er wieder das Wort und erzählte uns seine Geschichte, wie er ehemals selbst ein Mensch und Bewohner unserer Erde, mit Namen Endymion [Die Mondgöttin Selene verliebte sich in den schönen Jüngling, entführte ihn, ließ ihn in ewigen Schlaf sinken, bewahrte ihn vor dem Tod und schenkte ihm ewige Jugend; nachts besuchte sie ihn und zeugte mit ihm fünfzig Töchter.], gewesen, aber einstmals im Schlaf entführt und hierher versetzt worden sei, wo er nun als König herrsche. Diese Erde sei eben dieselbe, welche uns da unten als Mond erscheine. Übrigens sollten wir guter Dinge sein, und keine Gefahr fürchten, wir würden mit allem versehen werden, was wir nötig hätten.

12. „Wenn ich", setzte er hinzu, „den Krieg werde glücklich beendet haben, den ich gegenwärtig mit den Sonnenbewohnern zu führen im Begriffe bin, sollt ihr bei mir das glücklichste Leben führen, das ihr euch nur wünschen könnt." Auf unsere Frage, wer denn eigentlich seine Gegner wären, und was die Veranlassung zu diesen Feindseligkeiten gegeben hätte? erwiderte er: „Phaeton [Bei Hesiod Sohn des Kephalos

und der Göttin Eos, der Schwester des Sonnengottes Helios; seit Euripides der Sohn des Helios und der Klymene, also ein Neffe der Eos. Bei Ovid entwendet Phaethon den kostbaren und reich verzierten Sonnenwagen seines Vaters, rast mit dem Viergespann los, verliert die Kontrolle, kommt von der Bahn ab, stürzt zu Tode.], **König der Sonnenbewohner** (denn es gibt deren, wie es Mondbewohner gibt), liegt mit uns schon seit längerer Zeit im Streit, und zwar aus folgender Ursache. Ich hatte den Plan, die Ärmsten meiner Untertanen als Kolonisten auf den Morgenstern zu schicken, der damals noch öde und unbewohnt war. Phaeton suchte aus Eifersucht die Gründung dieser Kolonie zu hintertreiben, indem er sich mit seinen Ameisenrittern oder Hippomyrméken meinen Auswanderern auf halbem Weg entgegenstellte. Wir waren auf einen solchen Widerstand nicht gehörig eingerichtet, und mussten daher mit bedeutendem Verlust wieder abziehen. Jetzt aber bin ich entschlossen, mich noch einmal mit ihm einzulassen, und meine Leute zur Teilnahme an der Ansiedelung aufzufordern. Wenn ihr an dieser Expedition teilnehmen wollt, werde ich jeden von euch mit einem Geier aus dem königlichen Marstall und mit der gehörigen Bewaffnung versehen lassen. Morgen rücken wir aus." – „Gut", sagte ich, „wir ziehen mit, wenn dir's genehm ist."

13. Der König bewirtete uns; am folgenden Morgen aber machten wir uns zeitig auf, nahmen unsere Stellung ein, weil die Vorposten gemeldet hatten, dass der Feind schon ganz in der Nähe sei. Die gesamte Stärke unserer Armee belief sich auf hunderttausend Mann, ohne die Packknechte, die Zimmerleute, die Schützen zu Fuß und die fremden Hilfstruppen. Jene bestanden aus achtzigtausend Geierrittern und zwanzigtausend Krautflüglern. Dies ist gleichfalls eine außerordentlich große Gattung von Vögeln, die, anstatt mit Federn, über und über mit Krautblättern bewachsen sind, und deren Flügel Lattichblättern ähneln. An sie schlossen sich die Hirseschießer und Knoblauchstreiter. Außerdem waren auch noch Hilfstruppen vom Großen Bär angelangt, dreißigtausend Flohschützen und fünfzigtausend Windrenner. Die Flohschützen heißen so, weil sie auf Flöhen, jeder in der Größe von zwölf Elefanten, einher reiten. Die Windrenner sind zwar nur zu Fuß unterwegs, laufen aber ohne Flügel in der Luft. Sie bewegen sich außerordentlich schnell, und zwar folgendermaßen: die langen Mäntel, womit sie bekleidet sind, schürzen sie so, dass sie vom Wind aufgebläht werden, und dann lassen sie sich, wie Schiffe mit Segeln, vorwärts treiben. In der Schlacht besorgen sie meistens die Dienste der Leichtbewaffneten. Auch waren aus den Sternen über Kappadokien siebzigtausend Spatzeneicheln und fünfzigtausend Kranichreiter angekündigt. Weil ich jedoch diese nicht zu Gesicht bekam, da sie nicht eintrafen, enthalte ich mich, sie näher zu beschreiben, wiewohl man mir ganz wunderbare und unglaubliche Dinge von ihnen erzählte.

14. Das waren also die Streitkräfte Endymions. Die Bewaffnung war bei allen dieselbe: Helme aus Bohnenhäuten, deren es bei ihnen von ungemeiner Größe und Dicke gibt, Schuppenpanzer aus den zusammengenähten Hülsen der Feigbohnen, welche dort so hart wie Horn werden, Schilde und Schwerter wie bei uns Griechen.

15. Als es nun Zeit war, stellten sie sich in folgender Schlachtordnung auf: den rechten Flügel bildeten die Geierritter, bei denen sich der König befand, welcher die

Auserlesensten seiner Truppen und uns um sich versammelt hatte; auf dem linken Flügel standen die Krautflügler, im Zentrum die Hilfstruppen, jede Gattung besonders. Das Fußvolk belief sich auf an die sechzig Millionen, und die Art, wie man es einsetzte, war folgende: Es gibt daselbst eine sehr zahlreiche Gattung großer Spinnen, von welchen keine kleiner ist als jede der kykladischen Inseln. Diese erhielten Befehl, den Luftraum zwischen Mond und Morgenstern zu überspinnen. Im Nu war das Gewebe fertig, bildete einen festen Boden, und nun konnte das Fußvolk auf demselben in Schlachtordnung aufgestellt werden. Ihr Anführer war Nachtvogel, Schönwetters Sohn, nebst zwei anderen Feldherren.

16. Auf dem feindlichen linken Flügel befanden sich die Ameisenritter mit Phaeton an der Spitze. Jene Ameisen sind überaus große, geflügelte Tiere, die, bis auf ihre Größe, ganz unseren Ameisen gleichen. Die größte derselben nahm zwei volle Morgen Landes ein. Im Kampf sind nicht bloß ihre Reiter aktiv, sondern auch sie selbst, indem sie den Feind mit ihren Hörnern angreifen. Ihre Anzahl ward mit fünfzigtausend angegeben. Auf dem rechten Flügel waren Mückenritter aufgestellt, ebenfalls fünfzigtausend Mann, lauter Bogenschützen, die auf riesigen Stechfliegen ritten. Hinter ihnen standen Luftspringer, leichte, aber sehr streitbare Fußtruppen, die aus der Ferne Rettiche von entsetzlicher Größe auf den Feind schleuderten. Wer von einem solchen Rettich getroffen ward, starb gleich darauf, indem die Wunde augenblicklich in eine abscheulich riechende Fäulnis überging. Wie man uns sagte, beschmieren sie ihre Rettiche mit Malvengift. An sie schlossen sich Stängelpilze an, schwerbewaffnetes Fußvolk, zehntausend Mann, die so heißen, weil ihre Schilde aus Pilzen und ihre Spieße aus Spargelstängeln bestehen. Neben ihnen waren fünftausend Hundeichler aufgestellt, welche von den Bewohnern des Sirius [Hundsstern] dem Phaeton zu Hilfe geschickt worden waren, Menschen mit Hundeköpfen, die auf geflügelten Eicheln kämpften. Auch von des Phaeton Hilfsvölkern sollen etliche ausgeblieben sein, besonders die Schleuderer von der Milchstraße und die Wolkenzentauren [Kentaur; Mischwesen der griechischen Mythologie mit menschlichem Oberkörper und Pferdeleib]. Letztere kamen zwar noch, allein erst, als das Treffen entschieden war, und – wären sie doch nimmermehr gekommen! Die Schleuderer hingegen ließen sich gar nicht sehen. Aus Zorn darüber soll Phaeton später ihr Land mit Feuer verwüstet haben. So gerüstet zog also der Sonnenkönig gegen uns.

17. Auf beiden Teilen wurde nun das Zeichen zum Angriff gegeben, wozu man sich hierzulande, statt der Trompeten, des Eselsgeschreis bedient. Die Schlacht begann. Der linke Flügel der Helioten [Sonnenbewohner] ergriff die Flucht, noch ehe sie es zu einem richtigen Gefecht mit unseren Geierrittern kommen ließen. Wir verfolgten sie mit dem Schwert in der Faust und hieben mörderisch auf sie ein. Dagegen gewann anfänglich der feindliche rechte Flügel einen bedeutenden Vorteil über unseren linken, und die Mückenritter drängten unsere Krautflügler unaufhaltsam zurück, bis sie endlich auf unser Fußvolk stießen; allein dieses leistete so kräftigen Widerstand, dass die Feinde wankten und schließlich die Flucht ergriffen, zumal sie sahen, dass ihr linker Flügel schon völlig geschlagen war. So war also unser Sieg aufs glänzendste entschieden. Wir machten eine Menge Gefangene, und der Toten und Ver-

wundeten waren so viele, dass sich das Blut in Strömen über die Wolken ergoss, sodass sie ganz rotgefärbt erschienen, wie sie sich uns bei Sonnenuntergang zeigen; vieles träufelte sogar auf die Erde herab, weshalb ich die Vermutung hegte, ob nicht eine ähnliche in alten Zeiten dort oben vorgefallene Begebenheit den Homer veranlasst haben möchte, den Jupiter dem sterbenden Sarpedon [Sohn der Laodameia, Tochter des Bellerophon, und des Zeus; Heerführer der Lykier auf Seite der Trojaner; wird von Patroklos, getötet, worauf Zeus die Erde mit blutigen Tropfen beträufelt; Ilias, 16. Gesang, 459 ff.] zu Ehren Blut auf die Erde regnen zu lassen?

18. Nach unserer Rückkehr von der Verfolgung des Feindes errichteten wir zwei Trophäen, eine für das Fußvolk auf dem Spinnengewebe und eine für die Luftstreiter auf den Wolken. Noch waren wir damit beschäftigt, als unsere Vorposten das Anrücken der Wolkenzentauren meldeten, welche schon vor dem Treffen zu Phaeton hätten stoßen sollen. Ihr Anblick, wie wir sie nun wirklich auf uns zukommen sahen, war der seltsamste von der Welt. Es waren zusammengesetzte Gestalten, halb Menschen, halb geflügelte Rosse; die menschliche Hälfte war wenigstens so groß wie der obere halbe Teil des Koloss von Rhodos, die Pferdehälfte wie ein Kauffahrteischiff größter Gattung. Ihre Zahl will ich lieber gar nicht hersetzen, denn sie würde doch keinen Glauben finden, so ungeheuer groß war sie. Ihr Anführer war der Schütze aus dem Tierkreis. Wie sie sahen, dass ihre Freunde geschlagen waren, schickten sie sogleich einen Boten an Phaeton mit der Aufforderung, das Treffen zu erneuern. Sie selbst ordneten sich zum Angriff, und fielen über die bestürzten Seleniten [Mondbewohner] her, welche sich über der Verfolgung des Feindes und dem Einsammeln von Beute zerstreut hatten, schlugen sie in die Flucht, jagten dem König selbst bis vor seine Hauptstadt nach und hieben den größten Teil seiner Vögel zusammen. Unsere Trophäen rissen sie nieder und bemächtigten sich des ganzen von den Spinnen gewebten Schlachtfeldes. Ich selbst, nebst zweien meiner Kameraden, wurde ihr Gefangener. Jetzt erschien auch Phaeton wieder und ließ andere Trophäen statt der unsrigen aufrichten; wir aber wurden noch am selben Tag, die Hände mit Stricken von dem Spinnengewebe auf den Rücken gebunden, zur Sonne abgeführt.

19. Sie fanden zwar nicht für gut, die Hauptstadt der Seleniten zu belagern; allein auf dem Heimweg zogen sie eine Mauer mitten durch den Luftraum, sodass die Strahlen der Sonne nun nicht mehr bis zum Mond durchdringen konnten. Diese Mauer war aus einer gedoppelten Reihe dichter Wolken gebildet, wodurch eine vollkommene Mondfinsternis entstand, welche die Seleniten in beständige Nacht hüllte. In dieser Not schickte Endymion eine Gesandtschaft zum Sonnenkönig, welche flehentlich bitten musste, dass man das Gemäuer niederreißen und sie doch nicht in ewiger Finsternis schmachten lassen möchte; zugleich ließ er versprechen, Tribut zu bezahlen, Hilfstruppen zu liefern, beständigen Frieden zu halten, und zur Gewährleistung Geiseln zu stellen. Phaeton ließ diese Anträge in zwei Versammlungen beraten; das erste Mal war man noch nicht geneigt, etwas von dem Groll nachzulassen, in der zweiten jedoch ließ man sich auf andere Gedanken bringen, und so kam der Friede auf Grund nachstehender Bedingungen zustande:

20. „Zwischen den Helioten und ihren Alliierten einer- und den Seleniten und deren Alliierten andererseits wird folgender Vertrag geschlossen: die Helioten machen sich anheischig, die Mauer, so wie sie aufgeführt, wieder abzutragen, auf jedwede weiteren Einfälle in die Mondregion zu verzichten und die Kriegsgefangenen, gegen ein vertragsgemäßes Lösegeld, freizugeben. Dafür verpflichten sich die Seleniten, alle übrigen Sterne in ihrer Unabhängigkeit zu belassen, niemals wieder gegen die Helioten die Waffen zu ergreifen, sondern denselben, so wie diese ihnen, im Fall eines feindlichen Angriffs bereitwillig Hilfe zu leisten, ferner an den König der Helioten alljährlich einen Tribut von eintausend Eimern Tau zu liefern, zehntausend Geißeln auf ihre Kosten zu stellen, endlich die Ansiedlung auf dem Morgenstern zu einer gemeinsamen Unternehmung zu machen und auch aus andern Völkerschaften jedermann, wer Lust dazu hat, die Teilnahme an derselben zu gestatten. Vorstehender Vertrag soll auf eine Denksäule aus Bernstein eingemeißelt, und solche auf der Grenze der beiderseitigen Reiche in freier Luft aufgestellt werden. Und zwar haben denselben beschworen: Von Seiten der Helioten: Brander, Sommermann, Hitzig. Von Seiten der Seleniten: Mittnacht, Monder, Scheinemann."

21. In Folge dieses Friedensvertrages wurde nun die Mauer ohne Verzug niedergerissen, und wir Gefangenen ausgeliefert. Wie wir auf dem Mond wieder angelangt waren, kamen uns unsere Kameraden und Endymion selbst entgegen und umarmten uns mit tränenden Augen. Der Letztere bat uns sogar, für immer bei ihm zu bleiben und uns der neuen Kolonie anzuschließen; mir versprach er, seinen eigenen Sohn zur Ehe zu geben, denn Weiber haben sie keine. Allein ich ließ mich auf keine Weise überreden, sondern bestand darauf, wieder aufs Meer geschickt zu werden. Als er nun einsah, dass es unmöglich wäre, uns umzustimmen, gab er uns sieben Tage hintereinander Gastmähler zum Abschied und ließ uns sodann ziehen.

22. Nun einige Worte von den seltsamen Merkwürdigkeiten, welche ich während meines Aufenthalts auf dem Mond gesehen habe. Die Seleniten werden also nicht von Weibern, die sie nicht einmal dem Namen nach kennen, sondern von Männern geboren, mit denen man hier in Ehe lebt, indem jeder bis zum Alter von fünfundzwanzig geheiratet wird, nach dieser Zeit aber selbst heiratet. Sie tragen die Frucht nicht in der Bauchhöhle, sondern in der Wade. Sobald nämlich das Empfängnis geschehen ist, wird die Wade dick und immer dicker; nach einiger Zeit aber schneidet man sie auf und zieht ein totes Kind heraus, das nun mit offenem Mund dem Wind ausgesetzt und so zum Leben gebracht wird. Es ist mir wahrscheinlich, dass die griechische Benennung der Wade, Beinbauch (γαστροκνημία), in dieser Einrichtung ihren Ursprung hat [Dionysos soll einem Schenkel von Zeus entsprossen sein?]. Aber noch viel merkwürdiger ist Folgendes. Es gibt eine Gattung von Menschen daselbst, Baummenschen (Dendriten) genannt, die so entstehen: Man schneidet einem Mann den rechten Hoden ab und pflanzt ihn in die Erde. Aus diesem wächst nun ein ungeheurer, fleischerner Baum, in Gestalt eines Phallus, mit Zweigen und Blättern. Die Frucht, die er trägt, ist eine Art ellenlanger Eicheln, aus welchen, wenn man sie reif werden lässt und sodann auseinander schlägt, die Menschen genommen werden. Diese Leute bedienen sich übrigens, wenn sie sich begatten, keiner natürlichen, son-

dern künstlich angefertigter Geschlechtsorgane, und zwar die Reichen und Vornehmen aus Elfenbein, die Geringern aber nur aus Holz.

23. Wenn ein Selenit alt geworden ist, so stirbt er nicht eigentlich, sondern zersetzt sich wie Rauch, und wird zu Luft. – Die Nahrung ist bei allen dieselbe. Es wird ein großes Feuer gemacht und auf dessen Kohlen eine Anzahl Frösche gebraten, deren bei ihnen ganze Scharen in der Luft herumfliegen. Um diesen Kohlenhaufen setzen sie sich nun, wie um einen Tisch, schnappen mit Begierde nach dem aufsteigenden Froschdampf, und das ist ihr ganzer Schmaus. Ihr Getränk besteht aus Luft, die, wenn sie in einem Becher gedrückt wird, eine tauähnliche Flüssigkeit abgibt. Sie haben auch weder natürliche Bedürfnisse, noch die Kanäle dazu, wie wir. Das Organ hingegen, das jene jungen Leute, unter fünfundzwanzig, brauchen, sitzt in der Kniekehle. Als schön gilt bei ihnen nur, wer einen völligen Kahlkopf hat, behaarte Köpfe sind ihnen ein Gräuel. Dagegen wird auf den Kometen ein Lockenkopf als schön angesehen, wie uns einige Reisende, die auf jenen Sternen zu Hause waren, versicherten. Bart wächst ihnen nur um jene Kniegegend. Der Fuß läuft in eine einzige Zehe aus, jedoch ohne Nagel. Über dem Gesäß ist jedem ein großer Kohlstrunk, wie ein Schwanz, aus dem Leib gewachsen, der stets grün bleibt und nie abbricht, wenn man auch darauf fällt.

24. Sie schnäuzen eine Art Honig von außerordentlich scharfem Geschmack von sich, und wenn sie mit Anstrengung arbeiten oder ringen, sondern sie am ganzen Körper eine Menge Milch ab, aus welcher durch Beimischung einiger Tropfen von jenem Honig, Käse zubereitet wird. Aus Zwiebeln gewinnen sie ein sehr feines, wohlriechendes Salböl. Reben, die dort in sehr großer Menge wachsen, tragen, statt Wein-, Wassertrauben, deren Beeren ganz natürliche Hagelkörner sind, und ich vermute, dass, wenn ein starker Sturm die Rebstöcke schüttelt, sodass die Trauben davon zerrissen werden, Beeren in Gestalt des Hagels auf unsere Erde fallen. Ihr Bauch dient ihnen statt eines Ränzels, das sie nach Belieben öffnen und schließen können, und worin sie ihre Utensilien bei sich tragen. Es findet sich in demselben keine Leber noch sonstige Eingeweide, sondern die ganze innere Seite ist dicht mit Pelz und Wolle bewachsen, sodass neugeborene Kinder, sobald sie frieren, sich darin verkriechen.

25. Die Kleider der Reichen sind aus Glas, weich und fein, die der Ärmeren aus gesponnenem Erz. Denn diese Gegenden sind sehr erzhaltig, und man verarbeitet es wie Wolle, indem man es zuvor etwas mit Wasser anfeuchtet. Was aber ihre Augen betrifft, so wage ich kaum, etwas davon zu sagen, weil ich besorge, das Unglaubliche der Sache möchte mir den Verdacht der Lügenhaftigkeit zuziehen. Gleichwohl will ich auch dies mitteilen. Sie haben nämlich Augen, die sich herausnehmen lassen. Wer also Lust hat, nimmt sie heraus und verwahrt sie, bis er etwas zu schauen wünscht, alsdann setzt er seine Augen wieder ein und sieht. Manche, die die ihrigen verloren haben, borgen welche von anderen. Reiche Leute haben deren sogar mehrere vorrätig. Ihre Ohren sind aus den Blättern des Ahornbaums gemacht, nur die Baummenschen haben hölzerne.

26. Ein anderes großes Wunder sah ich im königlichen Palast. Auf einem nicht allzu tiefen Brunnen liegt ein Spiegel von ungeheurer Größe. Wer in den Brunnen hinabsteigt, hört alles, was auf unserer Erde gesprochen wird, und wer in den Spiegel schaut, sieht unsere Städte und Menschen, als ob sie vor ihm stünden. Damals sah auch ich meine Vaterstadt recht gut, und alle meine Bekannten darin; ob sie aber auch mich gesehen, kann ich freilich nicht mit Gewissheit sagen. Wer mir übrigens nicht glauben will, kann sich, wenn er einmal selbst zu den Seleniten kommen sollte, leicht von der Wahrheit meiner Erzählung überzeugen.

27. Wir verabschiedeten uns nun von dem König und seinem Hofe, um uns wieder einzuschiffen. Beim Lebewohl beschenkte mich Endymion mit zwei Glasmänteln, fünf Erzröcken und einer vollständigen Rüstung aus Bohnenhülsen. Ich musste aber alles im Walfisch zurücklassen. Auch gab er uns tausend Geierritter mit, die uns auf eine Strecke von fünfhundert Stadien begleiteten.

28. Nachdem wir auf unserer Fahrt an verschiedenen anderen Ländern vorbeigekommen waren, machten wir am soeben erst bewohnbar gemachten Morgenstern Halt, stiegen an Land, um uns mit frischem Wasser zu versehen. Hierauf steuerten wir in den Tierkreis, indem wir zur Linken dicht an der Sonne hinsegelten. So gern meine Gefährten an Land gegangen wären, erlaubte uns doch der Wind nicht, anzulegen. Übrigens bot sich diese Gegend unseren Augen als eine blühende, fruchtbare, wohlbewässerte und mit Vorzügen aller Art reichlich gesegnete Landschaft dar. Kaum erspähten uns die Wolkenzentauren, die im Sold des Sonnenkönigs Phaeton stehen, als sie auf unser Schiff zugeflogen kamen, sobald sie sich jedoch überzeugten, dass wir in jenen Friedenstraktat mit eingeschlossen wären, entfernten sie sich wieder.

29. Nun hatten sich auch die Geierritter von uns verabschiedet; und wir steuerten die Nacht und den folgenden Tag hindurch immer abwärts, bis wir gegen Abend bei der sogenannten Lampenstadt (Lychnopolis) anlangten. Diese Stadt liegt etwas unterhalb des Tierkreises zwischen der Luftregion der Pleiaden [Töchter des Titanen Atlas und der Okeanide Pleione, jungfräuliche Begleiterinnen der Artemis, die der Jäger Orion über die Wiesen Böotiens verfolgte, von Zeus in Tauben/peleiades verwandelt und als Siebengestirn in den Himmel versetzt] und der der Hyaden [in den Sternenhimmel erhobene Schwestern, nachdem sie sich aus Betrübnis über den Tod ihres Bruders Hyas umgebracht hatten]. Wir landeten und gingen in die Stadt, fanden aber keinen Menschen daselbst, sondern eine Menge Lampen, die auf den Straßen, auf dem Markt, am Hafen hin und her liefen. Die meisten derselben, ohne Zweifel die ärmere Klasse, waren klein und unscheinbar, einige wenige erkannte man an ihrem hellstrahlenden Licht als Große und Mächtige. Jede hatte ihr eigenes Haus, das heißt ihre Laterne, und ihren eigenen Namen, wie die Menschen, und wir hörten, dass sie in einer Art Sprache miteinander redeten. Wiewohl sie uns nichts zuleide taten, sondern im Gegenteil uns gastfreundlich bei sich aufgenommen hatten, war uns doch unheimlich bei ihnen zumute, sodass wir uns weder zu essen, noch zu schlafen getrauten. In der Mitte der Stadt befindet sich das Rathaus, wo ihre Bürgermeisterin die ganze Nacht hindurch sitzt und eine Lampe nach der andern beim Namen zu sich ruft; welche nicht sogleich erscheint, wird als ungehor-

same Bürgerin zum Tode, das heißt zum Ausgelöschtwerden, verurteilt. Wir hatten uns selbst dorthin begeben, um zuzusehen, und hörten, wie verschiedene von ihnen allerlei Gründe, warum sie zu spät gekommen, zur Entschuldigung anführten. Da erkannte ich dann auch unsere eigene Hauslampe. Ich redete sie sogleich an und erkundigte mich, wie es in meinem Haus stünde, worauf sie mir alles erzählte, was sie wusste. Selbige Nacht blieben wir noch in der Lampenstadt. Am folgenden Tag aber schifften wir weiter, kamen an den Wolken vorbei und erblickten nun die wunderbare Wolkenkuckucksstadt [*Nephelokokkygia* / Wolkenkuckucksheim; Stadt in den Wolken, die sich die Vögel als Zwischenreich bauen; Aristophanes, Die Vögel / Ornithes, 414 v. Chr.], in welche wir übrigens, des widrigen Windes wegen, nicht einlaufen konnten. Ihr gegenwärtiger König ist Seerabe, Amsels Sohn. Da gedachte ich des wackeren Dichters Aristophanes, wie wahr er uns berichtet, und welch großes Unrecht ihm geschieht, wenn man seinen Nachrichten nicht glauben will. Nach drei Tagen bekamen wir den Ozean wieder zu Gesicht; aber Land sahen wir nirgends, außer jenen Inseln in der Luft, die uns überaus feurig und funkelnd erschienen. Am vierten Tag gegen Mittag ließ der Wind allmählich nach und setzte uns auf dem Meer ganz sanft wieder ab.

30. Welches unbeschreibliche Wonnegefühl ergriff uns, als wir uns wieder auf dem Wasser sahen! Wir stellten sogleich einen allgemeinen Schmaus an, so gut es unsere Vorräte zuließen, sprangen dann in die See und schwammen und tummelten uns nach Herzenslust, denn die ganze Meeresfläche war ruhig, still und spiegelglatt. Aber ist es doch oft so, als sollte eine glückliche Veränderung Vorbote größerer Unfälle sein! Nur zwei Tage hatten wir auf diesem Meer vorwärts gesteuert, als wir bei Anbruch des dritten unvermutet einer große Menge Walfische und anderer Seeungeheuer gewahr wurden, deren größtes, ein Walfisch, wenigstens fünfzehnhundert Stadien lang war. Dieser kam mit aufgesperrtem Rachen auf uns zu, brachte schon von weitem das Meer in schäumenden Aufruhr und wies uns Zähne, die länger als bei uns die größten Phallussäulen, so spitzig wie Zaunpfähle und weiß wie Elfenbein waren. Da reichten wir uns, wie zum letzten Abschied, die Hände, umarmten uns und erwarteten seine Ankunft. Er kam, ein Schluck – und wir waren mitsamt unserem Schiff in seinem Bauch. Denn er nahm sich keine Zeit, uns erst mit den Zähnen zu zermalmen, sondern ließ das ganze Fahrzeug durch seinen weiten Schlund hinuntergleiten.

31. Anfänglich waren wir von der dichtesten Finsternis umgeben. Nach einer Weile aber, als der Rachen wieder aufgähnte, sahen wir, dass wir uns in einem ungeheuren weiten und hohen Raum befanden, der wohl eine Stadt von zehntausend Einwohnern hätte in sich fassen können. Überall lagen kleine Fische und andere Tiere in Menge zerstückelt umher, nebst Segeln und Ankern, Menschenknochen und Warenballen. In der Mitte dieses Raums war eine Erde mit Bergen und Tälern, die sich höchstwahrscheinlich aus dem vielen Schlamm, den das Tier verschluckte, allmählich gebildet hatte. Es befand sich ein Wald auf derselben und Bäume und Küchengewächse aller Art, wie aus einem fleißig angebauten Garten. Der Umfang dieser

Art von Insel betrug zweihundertundvierzig Stadien. Auch Seevögel waren hier zu sehen, Möwen, Eisvögel, die auf Bäumen nisteten.

32. Anfänglich wussten wir nichts zu tun, als unserer Betrübnis durch einen reichlichen Tränenstrom Luft zu machen. Allmählich aber gelang es mir, den Mut meiner Gefährten wieder aufzurichten. Wir gaben also vor allen Dingen unserm Schiff eine feste Unterlage, machten ein Feuer an und kochten uns aus den Fischen, die in großer Menge und Mannigfaltigkeit umherlagen, eine Mahlzeit; mit Wasser waren wir noch vom Morgenstern versehen. Am nächten Tag, als wir aufgestanden waren, erblickten wir, sooft das Ungeheuer gähnte, bald Land und Berge, bald nichts als Himmel, bald wieder einzelne Inseln, woraus wir schlossen, dass es sich mit großer Geschwindigkeit in allen Teilen des Ozeans herumbewege. Nachgerade wurden wir dieses Aufenthalts gewohnt, und ich entschloss mich, nebst sieben meiner Kameraden, in den Wald zu gehen und alles genau zu untersuchen. Nachdem wir kaum volle fünf Stadien fortgegangen waren, entdeckten wir einen Tempel des Poseidon, wie die Inschrift besagte, etwas weiter hin viele Grabhügel mit Denksäulen, und ganz in der Nähe derselben eine Quelle des klarsten Wassers. Zugleich vernahmen wir das Bellen eines Hundes und bemerkten, wie aus einiger Entfernung Rauch aufstieg, sodass wir uns in der Nähe eines Gehöftes vermuten mussten.

33. Wir verdoppelten also unsere Schritte und standen nach wenigen Augenblicken vor einem bejahrten Mann und einem Jüngling, die sehr emsig in einem Gemüsegarten arbeiteten und eben beschäftigt waren, Wasser aus jenem Bach in denselben zu leiten. Von Freude und Bangigkeit ergriffen, standen wir still. Nicht anders muss es auch diesen beiden ergangen sein, denn sie sahen uns eine lange Weile in sprachlosem Erstaunen an. Endlich brach der Alte das Stillschweigen: „Wer seid ihr denn, ihr Fremdlinge? etwa Meergeister oder verunglückte Sterbliche unsersgleichen? Denn wir, die ihr seht, sind Menschen und auf der Erde geboren und erzogen, nun aber zu Meeresbewohnern geworden, und schwimmen mit dem Tier, in welchem wir eingeschlossen sind, herum, ohne recht zu wissen, wie uns geschieht, denn wir meinen, noch zu leben, während uns doch wahrscheinlich sein muss, dass wir längst gestorben sind." „Und wir, Vater", versetzte ich, „wir sind auch Menschen, ganz neue Ankömmlinge, die erst vor wenigen Tagen samt ihrem Schiff verschlungen worden sind. Wir kamen hierher, um diesen Wald näher kennenzulernen, der uns so groß und dicht vorkam. Aber ein guter Genius war es gewiss, der uns zu dir führte, um zu sehen, dass wir nicht die Einzigen sind, welche dieses Ungeheuer in sich verschlossen hält. Aber erzähl' uns nun doch dein Schicksal, wer du bist und wie du hierher kamst." „Nicht eher", war seine Antwort, „werde ich euch mein Geschick erzählen, noch euch um das eurige befragen, bis ich euch gastfreundlich, so gut ich's vermag, bewirtet haben werde." Mit diesen Worten führte er uns in seine Wohnung, die unter diesen Umständen in der Tat gut genug aussah und mit Matratzen und sonstigen Bequemlichkeiten versehen war. Er setzte uns Gemüse, Baumfrüchte und Fische vor, und ließ es sogar an Wein nicht fehlen. Nachdem wir uns zur Genüge es hatten schmecken lassen, fragte er, was uns zugestoßen sei. Ich er-

zählte ihm alles der Reihe nach, den Sturm, die Abenteuer auf der Insel, die Luft-fahrt, den Krieg, kurz alles bis zu unserer Hinabfahrt in den Walfisch.

34. Der Alte wunderte sich höchlich, und gab uns dann auch seine Geschichte zum Besten, indem er sagte: „Meine Heimat ist Zypern. In Handelsgeschäften schiffte ich einst mit diesem meinem Sohne da und vielen Sklaven auf einem großen, reich-befrachteten Kauffahrteischiff, dessen Trümmer ihr im Schlund unseres Ungeheuers gesehen haben müsst, von zu Hause weg nach Italien. Bis zur Höhe von Sizilien ging die Fahrt glücklich vonstatten. Aber nun packte uns ein furchtbarer Sturm und trieb uns binnen dreier Tage in den großen Ozean, wo wir auf diesen Walfisch stie-ßen und von ihm mit Mann und Maus verschlungen wurden. Alle meine übrige Mannschaft ging zugrunde, und nur wir beide blieben am Leben. Nachdem wir un-sere Begleiter begraben hatten, erbauten wir dem Poseidon einen Tempel und leben nun hier, so gut es gehen mag, bauen unseren Küchengarten an und nähren uns von Kohl, Fischen und Baumfrüchten. Dieser große Wald, den ihr seht, versieht uns reichlich mit Holz und trägt auch eine Menge wilder Weinreben, die einen äußerst lieblichen Wein liefern. Aus jener Quelle, die ihr ohne Zweifel schon gesehen habt, erhalten wir das reinste und frischeste Wasser. Unser Lager bereiten wir uns aus Blättern. Und wenn Vögel herein fliegen, machen wir Jagd auf dieselben, wollen wir aber Fische fangen, begeben wir uns zu den Kiemen des Tieres, wo wir auch baden, sooft wir Lust haben. Überdies liegt nicht weit von hier ein See mit salzigem Wasser, von ungefähr zwanzig Stadien im Umfang, mit Fischen aller Gattungen. In demselben schwimmen wir nach Gefallen oder rudern auf einem kleinen Nachen umher, den ich selbst gezimmert habe. So treiben wir es nun, seitdem wir ver-schlungen worden sind, vor vollen siebenundzwanzig Jahren.

35. All dies könnten wir uns am Ende noch gefallen lassen. Allein unsere Nachbarn und Angrenzer sind gar zu unfreundliche, abstoßende und rohe Leute." – „Wie?" rief ich, „also gibt es noch andere Bewohner in diesem Walfisch?" „O deren viele", versetzte er, „aber ungesellige, abschreckend gestaltete Geschöpfe. Im westlichen Teil des Waldes, gegen den Schwanz zu, wohnen die Tarichanen (Salzpökler), ein streitsüchtiges, trotziges, gefräßiges Volk mit Aalaugen und Krebsgesichtern. Auf einer anderen Seite, an der rechten Wand hin, befinden sich die Tritonomendeten, deren obere Hälfte einem Menschen, die untere einer Eidechse gleicht. Diese Gat-tung ist übrigens minder roh und gewalttätig als die anderen. Zur Linken hausen die Carcinochiren und Thynnocephali (Krebsarme und Thunfischköpfe), die miteinander Freundschaft und Bündnis geschlossen haben. Die Mitte des Landes hat das streit-bare und schnellfüßige Geschlecht der Paguriden und Psettopoden (Schaalschwänze und Schollenfüßler) inne. Die östliche, dem Rachen zunächst liegende Gegend ist Überschwemmungen zu sehr ausgesetzt und daher größtenteils unbewohnt. Gleich-wohl muss ich für das Gebiet, welches ich hier innehabe, den Schollenfüßlern einen jährlichen Tribut von fünfhundert Stück Austern entrichten.

36. So ist also dieses Land beschaffen. Ihr könnt euch nun leicht vorstellen, wie vie-le Mühen und Sorgen wir haben, uns dieser bösen Nachbarn zu erwehren und we-nigstens unser Leben zu fristen." – „Wie viele sind es denn ihrer im Ganzen?" frag-

te ich. „Über tausend." „Und womit sind sie bewaffnet?" „Bloß mit Fischgräten."
„Ach, dann ist es wohl das Beste, wir greifen sie ohne Umstände an, da wir wohl
bewaffnet sind und sie nicht. Wir schlagen sie, und so haben wir in Zukunft Ruhe
vor ihnen." Der Vorschlag gefiel dem Alten. Wir begaben uns also zu unserem
Schiff zurück, und trafen Anstalten. Den Anlass zum Krieg musste die Verweige-
rung des Tributs abgeben, dessen Fälligkeit eben eingetreten war. Jene schickten
Abgeordnete, um denselben einzutreiben; Skintharos, so hieß unser Wirt, gab ihnen
eine schnöde Antwort und jagte sie fort. Ergrimmt hierüber, fielen die Psettopoden
und Paguriden mit großem Geschrei in die Pflanzung unseres Alten ein.

37. Wir waren auf diesen Angriff gefasst, und erwarteten ihn unter Waffen. Zuvor
aber hatte ich fünfundzwanzig meiner Leute mit dem Befehl vorausgeschickt, sich
in einen Hinterhalt zu legen und, sobald der Feind vorbeigezogen sein würde, vor-
zubrechen. Sie taten es und griffen den Feind im Rücken an, während wir fünfundzwanzig übrigen, denn Skintharos und sein Sohn fochten mit, dem Angriff mit Mut
und Nachdruck von vorn begegneten und einen hartnäckigen Kampf bestanden, bis
wir endlich den Feind in die Flucht schlugen und bis zu seinen Höhlen verfolgten.
Von ihnen fielen hundertundsiebzig, unsererseits nur einer, unser Steuermann, dem
die Rippe einer Meerbarbe die Nieren durchbohrt hatte.

38. Den Rest dieses Tages und die nächste Nacht kampierten wir auf dem Schlachtfeld, nachdem wir eine Trophäe, bestehend aus dem gedörrten Rückgrat eines Del-
phins, errichtet hatten. Am folgenden Tag erschienen auch die andern Völkerschaften, die inzwischen das Vorgefallene vernommen hatten, und zwar nahmen die Tarichanen, unter ihrem Anführer Pelamus, den rechten Flügel ein, die Thynnocephali
den linken, die Carcinochiren das Zentrum. Die Tritonomendeten entschieden sich
für keine Seite und verhielten sich ruhig. Wir rückten unsern neuen Feinden bis
zum Tempel des Poseidon entgegen, wo unter Geschrei, von dem der ganze Walfisch, wie ein großes Gewölbe, grässlich widerhallte, der Kampf begann. Wir schlugen sie bald in die Flucht, weil sie nur sehr schlecht bewaffnet waren, trieben sie in
den Wald und behaupteten den ganzen Wahlplatz.

39. Nach kurzer Zeit schickten sie Abgeordnete, um ihre Toten zurückzufordern
und Friedensvorschläge zu unterbreiten. Allein wir fanden es nicht gut, darauf ein-
zugehen, sondern griffen sie tags darauf abermals an und machten sie samt und sonders nieder, mit alleiniger Ausnahme der Tritonomendeten, welche, als sie sahen,
wie wir hausten, eiligst zu den Kiemen liefen und ins Meer sprangen.
Wir durchwanderten jetzt das ganze, von Feinden nunmehr gesäuberte Land und
wohnten von nun an ungestört zusammen, beschäftigten uns mit Jagd und Leibes-
übungen, pflegten unsere Weinreben, sammelten die Früchte von den Bäumen –
kurz wir befanden uns ganz in der Lage von Leuten, die zwar in einem großen Gefängnis sind, aus welchem kein Entkommen ist, sich aber sonst ihr Leben so bequem und genussreich wie nur möglich einrichten. Ein Jahr und acht Monate verbrachten wir auf diese Weise.

40. Allein am fünfzehnten Tage des neunten Monats, beim zweiten Maulaufreißen des Walfischs (dies geschah regelmäßig jede Stunde einmal; und daran merkten wir uns die Stunden), vernahmen wir ganz unvermutet ein entsetzliches Schreien und Getöse wie von Schiffsleuten und Ruderschlägen. Alarmiert krochen wir bis ans Maul des Tieres empor und stellten uns zwischen seine Zähne, und nun bot sich uns das außerordentlichste Schauspiel, das ich in meinem Leben gesehen – fürchterliche Riesen, von der Größe eines halben Stadiums, kamen auf großen Inseln, wie auf Galeeren, angefahren. Ich ahne, man wird meine Erzählung unglaubhaft finden, aber ich berichte, was ich gesehen habe. Diese Inseln waren nicht sehr hoch, aber überaus lang, und jede derselben hatte wenigstens hundert Stadien an Umfang. Jede trug ungefähr hundertundzwanzig jener Riesen. Ein Teil derselben saß in zwei Reihen zu beiden Seiten und ruderte mit großen Zypressenbäumen samt Laub und Ästen die Insel vorwärts. Am Heck stand der Steuermann auf einem hohen Hügel mit einem fünf Stadien langen Steuerruder aus Erz in der Hand. Am Bug tummelten sich vierzig bewaffnete Streiter, die in allem wie Menschen aussahen, nur dass sie, statt des Haupthaares, ein großes flammendes Feuer auf dem Kopf hatten, also keine Helme benötigten. Die Stelle der Segel vertrat auf jeder dieser Inseln ein dicht bewachsener Wald, an welchem der Wind Widerstand fand und die Insel in jeder vom Steuermann gewünschten Richtung fortbewegte. Bei den Rudern führte ein Rudermeister die Aufsicht, und so ging die Fahrt mit eben der Regelmäßigkeit und Geschwindigkeit wie bei schnell segelnden Kriegsschiffen vonstatten.

41. Anfänglich sahen wir nur zwei oder drei solcher Inseln; nach und nach aber kamen ihrer an die sechshundert zum Vorschein, die sich einander gegenüberstellten und eine förmliche Seeschlacht lieferten. Viele derselben, die sich mit ihren Vorderteilen rammten, zerschellten, andere wurden über den Haufen gefahren und versenkt. Auf denen aber, die sich ineinander verkeilten, entwickelte sich der hartnäckigste Kampf. Denn die auf den Vorderteilen aufgestellten Krieger zeigten eine ungemeine Streitlust, enterten die feindlichen Fahrzeuge, hieben mörderisch um sich und gaben kein Pardon. Statt der eisernen Enterhaken warfen sie an Taue gebundene riesige Polypen gegeneinander, die sich mit ihren Armen im Wald verwickelten und so die Insel festhielten. Die verwundenden Wurfgeschosse, deren sie sich gegenseitig bedienten, waren Austern, so groß wie Heuwagen, und Schwämme, im Umfang eines Morgen Ackers.

42. Der Anführer des einen Teils hieß Aeolocentaurus (Sturmzentaur), der des andern, Thalassopotes (Meersauser), und den Anlass zum Krieg gab, wie mir schien, eine Raubtat. Denn es hieß, Thalassopotes habe jenem viele Herden Delphine davongeführt. Soviel konnte ich wenigstens aus ihrem wechselseitigen Geschrei verstehen, wodurch ich auch die Namen dieser beiden Könige erfuhr. Das Ende vom Lied war, dass Aeolocentaurus siegte, ungefähr hundertundfünfzig feindliche Inseln in den Grund bohrte und drei andere samt Mannschaft in seine Gewalt bekam. Die übrigen hatten sich allmählich zurückgezogen und das Weite gesucht. Die Sieger verfolgten sie zwar ein Stück weit, kehrten aber, da es Abend wurde, wieder zu den versunkenen Inseln zurück, bekamen die meisten derselben in ihre Gewalt und ret-

teten auch die ihrigen. Denn auch auf ihrer Seite waren nicht weniger als achtzig untergegangen. Dann errichteten sie ein Siegesdenkmal, indem sie eine der feindlichen Inseln über dem Kopf des Walfischs aufspießten, und verbrachten die Nacht in der Umgebung des Ungeheuers, nachdem sie zuvor ihre Inseln mit Tauen am Körper desselben befestigt und dicht dabei vor Anker gelegt hatten, zu welchem Behuf sie sich einer überaus großen und dauerhaften Art gläserner Anker bedienten. Am nächsten Tag verrichteten sie ein feierliches Opfer auf dem Rücken des Walfischs, begruben ihre Toten auf demselben und fuhren dann jubelnd und, wie mir schien, Siegeslieder singend, von dannen. So war der Verlauf dieser Inselfahrt.

Der wahren Geschichte zweites Buch

1. Da mir aber dieses Leben im Bauch des Walfischs nachgerade anfing, langweilig und unerträglich zu werden, dachte ich auf ein Mittel, wie wir wieder herauskommen könnten. Anfänglich kamen wir auf den Einfall, uns durch die rechte Bauchseite zu graben. Gedacht, getan; wir hieben und gruben drauf los. Als wir aber über fünfhundert Klafter tief gedrungen waren und gleichwohl sahen, dass noch nichts ausgerichtet, gaben wir dies Vorhaben auf und beschlossen, den Wald anzuzünden. Denn dies, dachten wir, müsse dem Ungetüm den Garaus machen, und dann würde es ein Leichtes sein, uns herauszuarbeiten. Sieben Tage und sieben Nächte brannte der Wald schon, ohne dass die Hitze auf unsern Walfisch den geringsten Eindruck hinterließ. Am achten und neunten Tag aber bemerkten wir, wie er zu erkranken anfing. Das Maulaufreißen erfolgte in längern Zwischenräumen, und wenn er auch den Rachen öffnete, verschloss er ihn gleich wieder. Am zehnten und elften ging es mit ihm immer mehr dem Ende zu, und es roch schon sehr übel. Kaum noch zu rechter Zeit fiel uns am zwölften Tag ein, dass wir, wenn man nicht bei seinem nächsten Aufgähnen die Backenzähne mit Stützen auseinander sperrte, um ihm das Verschließen des Rachens unmöglich zu machen, Gefahr liefen, im Leichnam eingeschlossen zu werden und zugrunde zu gehen. Wir keilten ihm also das Maul mit enormen Balken auseinander; machten sodann unser Fahrzeug zurecht, und schafften einen möglichst großen Vorrat von Wasser und sonstigen Bedürfnissen an Bord. Als Steuermann erbot sich Skintharos. Am folgenden, dreizehnten Tag war der Walfisch schließlich tot.

2. Da zogen wir das Schiff den Rachen herauf, schoben es durchs Maul, banden es an den Zähnen fest und ließen es ganz sachte in die See hinab. Wir bestiegen den Rücken, opferten oben bei der Riesen-Trophäe Poseidon, verweilten, einer Windstille wegen, drei ganze Tage daselbst und segelten endlich am vierten von dannen. Unterwegs stießen wir auf viele Leichname aus der Seeschlacht und maßen erstaunt ihre außerordentliche Größe. Unsere Fahrt ging bei milder Brise mehrere Tage lang aufs Beste vonstatten. Ein entsetzlich scharfer Nordwind aber, der sich dann erhob, führte eine so grimmige Kälte herbei, dass die ganze See festfror, und zwar nicht bloß an der Oberfläche, sondern bis in eine Tiefe von wenigstens vierzig Klaftern. Wir verließen also unser Schiff und gingen auf dem Eis wie auf festem Land umher.

Weil wir aber den anhaltend wehenden, scharfen Wind nicht aushalten konnten, halfen wir uns, einem guten Rat des Skintharos gemäß, auf folgende Weise: Wir gruben eine sehr geräumige Höhle ins Eis und verbrachten dreißig Tage in derselben, indem wir ein gutes Feuer unterhielten und uns Fische kochten, welche wir unterm Graben gefunden hatten. Weil uns aber die notwendigsten Bedürfnisse allmählich zu mangeln anfingen, stiegen wir wieder heraus, zogen unser eingefrorenes Schiff aus seiner Eiskluft, spannten die Segel und glitten nun vom frischen Wind getrieben auf der starrenden, glatten Fläche sanft und ungehemmt, wie auf dem Wasser, dahin. Nach fünf Tagen wurde es warm, das Eis schmolz, und ringsumher ward alles wieder flüssig.

3. Nachdem wir ungefähr dreihundert Stadien zurückgelegt haben mochten, kamen wir an eine kleine unbewohnte Insel, wo wir süßes Wasser aufnahmen, das uns zur Neige gegangen war, und zwei wilde Ochsen erlegten, die das Besondere hatten, dass sie die Hörner nicht auf der Stirn, sondern, wie es Momos haben wollte, unter den Augen trugen. Wir schifften uns wieder ein und kamen bald darauf in ein Meer, das nicht mehr aus Wasser, sondern aus reiner Milch war. In demselben sahen wir eine ganz weiße, mit Reben bewachsene Insel, die, wie wir uns in der Folge überzeugten, als wir reinbissen, aus einem einzigen, mächtigen Käse bestand, fünfundzwanzig Stadien im Umfang. Die Reben hingen voller Trauben, doch als wir sie auspressten, floss Milch statt Wein aus den Beeren. In der Inselmitte war ein Tempel errichtet „der Nereide Galateia" [Galatea, „*die Milchweiße*"; Tochter des Meergottes Nereus und der Okeanide Doris], wie die Aufschrift besagte. Die ganze Zeit über, die wir hier zubrachten, gab uns die Insel Fleisch und Nahrung im Überfluss, und unser Getränk lieferten die Milchreben. Der Sage nach ist die Beherrscherin dieser Gegenden Tyro [Käserin; τυρός = Käse], die Tochter des Salmoneus [Sohn des Aiolos und der Enarete aus Thessalien, eponymer Oikist, gründete Salmonia; nach dem Tod seiner ersten Frau, Alkidike, die ihm Tyro gebar, heiratete er Sidero, die ihre Stieftochter Tyro misshandelte], welche, nachdem sie die Welt verlassen, dieses Reich von Poseidon zum Ehrengeschenk erhalten hatte.

4. Nach einem Aufenthalt von fünf Tagen auf der Käseinsel, lichteten wir am sechsten die Anker und segelten, von einem angenehmen Luftzug begünstigt, der die Oberfläche des Meeres sanft kräuselte, weiter. Am achten Tag, als wir uns nicht mehr in der Milchsee, sondern bereits wieder in salzigem und blaugrünem Meerwasser befanden, wurden wir einer großen Zahl Menschen ansichtig, die über das Meer liefen und, den einzigen Unterschied abgerechnet, dass sie Füße aus Korkholz hatten, an Größe und Bildung uns anderen völlig ähnlich waren. Ihren Namen Phellopoden (Korkfüßler) tragen sie, wie ich vermute, um jenes Umstandes willen. Wir sahen staunend, wie sie sich ganz frei über den Wogen hielten, und, ohne Furcht unterzugehen, lustig einhermarschierten. Sie kamen sogar auf uns zu, begrüßten uns in griechischer Sprache und sagten uns, dass sie eben auf der Heimreise in ihre Vaterstadt Phello [Korkheim] begriffen wären. Eine gutes Stück weit liefen sie neben unserem Schiff her, dann wünschten sie uns eine glückliche Fahrt und wandten sich ab. Kurz darauf zeigten sich uns viele Inseln; die nächste links war Phello, das Ziel jener Reisenden, eine Stadt aus einem ungeheuren runden Korkblock. Etwas wei-

terhin rechts lagen fünf sehr große und hohe Inseln, auf welchen viele Feuer brann-
ten.

5. Und gerade vor uns, in einer Entfernung von wenigstens noch fünfhundert Stadien, lag eine einzelne, sehr ausgedehnte, aber flache Insel. Als wir uns ihr allmählich näherten, umströmte uns ein so wohlriechender, wunderbar lieblicher Duft, dergleichen nach dem Zeugnis des Geschichtsschreibers Herodot das glückliche Ara-
bien [seit Homer tropisch, fruchtbar, üppig] um sich her zu verbreiten pflegt. Es war das
süßeste Gemisch von Gerüchen, wie der Rosen, Narzissen, Hyazinthen, Lilien,
Veilchen, Myrten, Lorbeer und Weinblüten. Entzückt von dieser würzigen Luft und
in den frohesten Hoffnungen, nun endlich nach so langem Ungemach alles Gute zu
erfahren, was das Herz sich nur wünschen mag, waren wir der Insel unmerklich so
nahe gekommen, dass wir rings um dieselbe eine Menge sicherer und geräumiger
Landungsplätze, silberhelle Flüsse, die sich sanft ins Meer verloren, grüne Matten
und Haine sahen und Singvögel hörten, die allenthalben am Ufer hin und in den
Zweigen ihre Lieder ertönen ließen. Eine milde, unbeschreiblich wohltuende Luft
umfloss dieses ganze Land, sanft säuselte ihr süßer Hauch durch die Haine und
flüsterte mit lieblicher, melodischer Geschwätzigkeit in den bewegten Blättern, wie
wenn aus einsamer Höhe der Wind in die Querpfeife flötet (die irgendein frommer
Hirt seinem Pan hingehängt). Mitunter vernahmen wir ein lautes, wiewohl nicht lär-
mendes, Geräusch vermischter Stimmen, ähnlich der frohen Unterhaltung bei einem
Gastmahl [Symposion; geselliges Trinkgelage mit Tanz, Musik und Reden nach einem Festessen],
wenn Gesang und Saiten- und Flötenspiel, Händeklatschen und Beifallrufen durch-
einander tönen.

6. Bezaubert von all diesen Eindrücken ankerten wir am Ufer, stiegen ans Land,
während Skintharos und zwei unserer Kameraden im Schiff zurückblieben. Wir
gingen über eine blühende Aue landeinwärts, als wir auf einmal einigen Wacht-
posten begegneten, die uns mit Rosengewinden banden, der stärksten Art von Fes-
seln, die man hier kennt, und uns vor ihren Gebieter führten. Unterwegs erfuhren
wir von ihnen, dass diese Insel *Eiland der Seligen* [Elysion, die Elysischen Gefilde; para-
diesischer Ort im äußersten Westen des Erdkreises, wohin die Götter ihre geliebten Heroen entrückten,
später ein Teil der Unterwelt für die von den Totenrichtern würdig befundenen Frommen und Gerechten]
hieße und von dem Kreter Rhadamanth [Rhadamanthys; brachte als sagenhafter, mächtiger
König Kreta Recht und Gesetz und wirkte nach seinem Tod auch im Tartaros als gerechter Richter] be-
herrscht würde. Wir wurden ihm vorgestellt, und nahmen die vierte Stelle in der
Reihe der Parteien ein, die er eben zu verhören hatte.

7. Die erste Sache, die zu entscheiden war, betraf den Sohn des Telamon, Ajax [Aias;
griechischer Held vor Troja, der Odysseus im Streit um die Waffen des Achilles unterlag, rasend wurde,
eine Schafherde umbrachte und sich danach aus Scham in sein Schwert stürzte], ob er zur Gesellschaft der Heroen zuzulassen sei, oder nicht. Man hatte klagweise gegen ihn einge-
wandt, dass er rasend gewesen und sich selbst entleibt habe. Nach vielem Hin- und
Herreden beschloss endlich Rhadamanth: vor allen Dingen solle der Beklagte dem
Arzt Hippokrates [von Kos; 5. Jh. v. Chr.; Säftelehre; gilt als Begründer der Medizin als Wissen-
schaft] in eine Nieswurzkur [in der Antike das Heilmittel gegen Wahnsinn] übergeben werden,

sodann aber, wenn er wieder zu gesundem Verstand gelangte, an der Heldentafel Platz nehmen dürfen.

8. Die zweite Verhandung betraf eine Liebessache. Theseus [Athenischer Heros bezwang u. a. den Minotauros, soll mit Unterstützung seines Freundes Peirithoos Helena entführt haben] und Menelaos [König von Sparta, der Raub seiner Gattin Helena durch Paris führte zum Tojanischen Krieg] stritten sich, welchem von ihnen beiden Helena [die schönste Frau ihrer Zeit; aus einem Ei geborene Tochter des Zeus und der Leda, Gemahlin des Menelaos] als Gattin beiwohnen solle? Rhadamanth sprach sie dem Menelaos zu, in Betracht der vielen Mühen und Gefahren, welche dieser um seiner ehelichen Rechte willen bestanden hätte; zudem habe ja Theseus schon andere Frauen, Hippolyte [Tochter der Amazonenkönigin Otrere und des olympischen Kriegsgottes Ares; im Theseus- und Herakles-Mythos selbst Königin der Amazonen; Hippolyte gebiert Theseus den Sohn Hippolytos; Theseus verstößt Hippolyte, wendet sich Phädra zu], und die beiden Töchter des Minos, Phädra [Phaidra, Tochter von Minos und Pasiphaë; zweite Gattin des Theseus] und Ariadne [Phädras Schwester; half Theseus den Minotauros zu besiegen].

9. Drittens ward entschieden eine Streitfrage zwischen Alexander, Philipps Sohn, und Hannibal aus Karthago, betreffend den Vorrang; und zwar wurde derselbe Alexander zuerkannt, dem sonach ein Stuhl neben dem älteren Kyros gesetzt ward.

10. Nun kam die Reihe, vorzutreten, an uns. Rhadamanth begann mit der Frage, was uns begegnet wäre, dass wir diesen heiligen Ort lebendig betreten hätten? Nachdem wir ihm hierauf alle unsere Schicksale nacheinander erzählt hatten, ließ er uns abtreten und ging eine geraume Zeit mit seinen Beisitzern, deren viele – unter anderen auch Aristeides [unbestechlicher Staatsmann Athens, um 550 - um 467 v. Chr.; Gegenspieler Themistokles'], der Gerechte – um ihn versammelt waren, zu Rate, was mit uns geschehen sollte. Endlich fällte er das Urteil: Wegen dieser unserer Reise und unseres Vorwitzes würden wir dereinst nach unserem Tod zur Verantwortung gezogen; jetzt aber dürften wir nach einem Aufenthalt auf der Insel von bestimmter Dauer, während dessen uns der Umgang mit den Heroen gestattet sein sollte, wieder abziehen. Dieser Aufenthalt ward auf nicht mehr als sieben Monate festgesetzt.

11. So wie dieses Urteil gesprochen war, fielen die Rosenketten von selbst ab; wir waren frei und wurden in die Stadt und von da zum großen Schmause der Seligen geführt. Diese ganze Stadt ist aus purem Gold und hat eine smaragdene Ringmauer, ihre sieben Tore sind sämtlich aus Zimtholz, das Pflaster aller Straßen und öffentlichen Plätze aus Elfenbein. Die Tempel aller Götter sind aus Beryll erbaut, die großen Altäre, auf welchen die Hekatomben geopfert werden, jeder aus einem gewaltigen Amethyst. Rings um die Stadt fließt ein Strom von herrlichstem Salböl, der hundert Ellen breit und so tief ist, dass man bequem darin schwimmen kann. Ihre Bäder sind prächtige Kristallpaläste, werden mit Zimt geheizt, und statt mit Wasser werden die Badewannen mit erwärmtem Tau gefüllt.

12. Die Kleidung, deren sie sich bedienen, ist ein sehr feines, purpurnes Spinnengewebe. Sie selbst bestehen jedoch nicht aus einem körperlichen, fühlbaren Stoff wie Fleisch und Bein, vielmehr tragen sie gleichsam nur das Gebilde eines Leibes, wiewohl sie mit allen Sinnen begabt sind, und gehen, stehen und sprechen wie wir

Menschen. Kurz, es sind bloße Geister, umkleidet mit dem Schein eines Körpers, aufrecht wandelnden farbigen Schatten ähnlich, von deren Unkörperlichkeit man sich sogleich überzeugt, wenn man sie greifen will. Niemand altert dort, sondern jeder bleibt auf derselben Stufe stehen, auf welcher er hierher gekommen. Auch wird es bei ihnen ebenso wenig Nacht wie völliger Tag, vielmehr scheint das gemilderte Licht der Morgendämmerung über die ganze Insel. Von unseren Jahreszeiten kennen sie nur eine, denn es ist bei ihnen ewiger Frühling und Zephyr [der vom Berge kommende, milde Westwind, Frühlingsbote, *„Reifer der Saaten"*] der einzige Wind, der hier weht.

13. Die ganze Flur prangt daher mit Blumen und zahmen Gewächsen aller Art, und ist von Bäumen reich beschattet. Die Weinrebe trägt zwölfmal im Jahr, die Granat- und Apfelbäume, überhaupt alle Obstbäume, wie man uns versicherte, sogar dreizehnmal, indem sie in dem Monat, welcher dort nach Minos benannt wird, zweimal Früchte tragen. Statt des Weizens sprießen schon fertige Brote gleich Schwämmen aus den Ähren. Wasserquellen gibt es rings um die Stadt dreihundertfünfundsechzig, Honigquellen ebenso viele, Quellen von köstlichem Salböl fünfhundert, wiewohl diese etwas weniger ergiebig sind als die ersteren; überdies besitzt die Insel sieben Ströme mit Milch und acht mit Wein.

14. Die Mahlzeiten werden außerhalb der Stadt auf dem sogenannten Elysischen Gefilde abgehalten. Dies ist eine herrliche Aue, umgeben mit einem dichten Hain von den mannigfaltigsten Holzarten, unter dessen kühlendem Schatten die Seligen sich auf weiche Polster aus Blumen lagern. Zephyre fliegen hin und her, um sie zu bedienen. Mundschenke haben sie indessen nicht, denn rings um die Tafel stehen große gläserne Bäume aus dem reinsten Kristallglas, die statt der Früchte Pokale von verschiedener Gestalt und Größe tragen. Ehe man sich nun niederlässt, um zu speisen, pflückt man sich ein Paar dieser Becher, die sich dann augenblicklich von selbst mit Wein füllen. Sie tragen keine Kränze, sondern Nachtigallen und andere Singvögel sammeln Blumen von den nächsten Wiesen, flattern sodann singend um ihre Häupter und beschneien sie mit Blüten aller Art. Ihre Sitte, sich zu salben, ist diese: eine Art dichter Wolken saugt die feinsten Teile des Salböls aus jenen Quellen, lagert sich sodann über den Köpfen der Speisenden und lässt, von Zephyren sanft gedrückt, ihre Wohlgerüche wie einen zarten Tau herabträufeln.

15. Bei der Mahlzeit ergötzen sie sich an Gesang und Musik. Meist sind es Homers Gedichte, die hier gesungen werden. Dieser ist selbst beim Schmause anwesend und hat seinen Platz oberhalb von Ulysses. Ihre Chöre bestehen aus Knaben und Mädchen, deren Gesang von den Kitharöden Eunomus aus Lokris, Arion aus Lesbos, Anakreon und Stesichoros [stellte Helena als treulos dar, worauf er erblindete und erst nach einem Widerruf wieder sehen lernte] angegeben und begleitet wird, denn auch letzteren traf ich hier an, da er sich mit Helena wieder ausgesöhnt hatte. Wenn diese zu singen aufhören, beginnt ein zweiter Chor von Schwänen, Nachtigallen und Schwalben, und sobald diese schweigen, heben die Abendlüfte (in den Zweigen) zu flöten an, und der ganze Hain ertönt in den lieblichsten Weisen.

16. Was aber am meisten diese Mahle erheitert, sind die beiden Quellen des Lachens und der Lust, die neben der Tafel entspringen. Aus jeder derselben trinken die Seligen vor Beginn des Schmauses, und so bringen sie dann die ganze Zeit wohlgemut und unter frohen Scherzen hin.

17. Nun will ich auch sagen, welche der namhaftesten Männer ich dort zu Gesicht bekommen habe. Fürs erste sämtliche Halbgötter und Helden, die gegen Troja zogen, mit Ausnahme des Ajax aus Lokris, der, wie man mir sagte, am Ort der Gottlosen die Strafe seines Frevels leidet. Von Ausländern sah ich beide Kyros, den Skythen Anacharsis, den Thraker Zamolxis, den Römer Numa; von Griechen unter anderen den Spartaner Lykurg, die beiden Athener, Phokion und Tellos, und die sieben Weisen, jedoch ohne den (despotischen) Periander. Auch fand ich den Sohn des Sophroniskos, Sokrates, wie er eben mit Nestor und Palamedes plauderte. Um ihn her standen mehrere reizende Jünglinge, wie Hylas, Hyazinth aus Sparta, Narziss aus Thespeia u. a. Es kam mir vor, als wäre er besonders in den schönen Hyazinth verliebt, wenigstens richtete er seine Katechisationen meist nur an diesen. Rhadamanth soll ihm sehr gram sein und ihm schon mehr als einmal gedroht haben, ihn fortzujagen, wenn er das unnütze Geschwätz und ironische Spötteln bei der Tafel nicht lassen wolle. Allein Platon fehlte; man sagte mir, er wohne in seiner von ihm selbst erfundenen Republik und lebe unter der Verfassung und den Gesetzen, die er ihr selbst gegeben hätte.

18. Aristipp [um 430 - um 355 v. Chr.; Genuss als höchstes Lebensziel] und Epikur [341-270 v. Chr.; auf Genuss der materiellen Freuden des Daseins gerichtetes Lebensprinzip] gelten unter allen am meisten bei ihnen, weil sie angenehme Gesellen und lustige Tischgenossen sind. Äsop [6. Jahrhundert v. Chr.; Begründer der europäischen Fabeldichtung], der Phrygier, ist ebenfalls da und dient ihnen zum Spaß machen. Diogenes aus Sinope [um 413 – vermutlich 323 v. Chr.; Kyniker; lebte in einer Tonne; Gegner gesellschaftlicher Übereinkünfte, Bedürfnislosigkeit] hat seinen Charakter ganz und gar gewandelt; er hat die berühmte Hetäre Lais zum Weib genommen, betrinkt sich nicht selten, tanzt und springt und macht eine Menge tolles Zeug. Von den Stoikern sahen wir keinen; denn sie wären, sagte man uns, noch immer bemüht, die steile Höhe der Tugend zu erklimmen. Von Chrysipp [um 280 - um 204 v. Chr.; Stoiker; von Leidenschaft freie Tugend, Einklang mit der Natur] aber hieß es, es wäre ihm nicht gestattet, die Insel eher zu betreten, als bis er sich viermal mit Nieswurz purgiert haben würde. Die Akademiker [Philosophenschule nach Platon; Skeptizismus] hätten zwar im Sinn zu kommen, zögerten aber noch und überlegten hin und her, denn sie könnten noch nicht zur Überzeugung gelangen, dass eine solche Insel überhaupt existiere. Zudem will mich bedünken, als ob ihnen Rhadamanths Urteil etwas bange machte, weil sie es wagten, die Möglichkeit eines zuverlässigen Wahrspruchs schlechthin zu leugnen. Auch haben wir uns sagen lassen, viele Anhänger derer, die auf diese Insel gekommen, hätten sich zwar aufgemacht, ihnen nachzufolgen, wären aber aus Trägheit allmählich zurückgeblieben und endlich, ohne das Ziel zu erreichen, auf halbem Weg wieder umgekehrt.

19. Dies sind also ungefähr die denkwürdigsten Männer, die wir hier zu sehen bekamen. Das meiste Ansehen bei ihnen genießt Achilles, und nach ihm Theseus. – Der

Liebesgöttin opfert man hier ohne alle Scheu, hält es nicht im mindesten für unanständig, vor aller Augen sich die größten Vertraulichkeiten gegenüber Knaben und Mädchen herauszunehmen. Einzig Sokrates vermaß sich mit einem Schwur, dass sein Umgang mit hübschen Jungen der keuscheste von der Welt sei; doch jedermann weiß, was davon zu halten ist. Denn Hyazinth und Narziss haben mehr als einmal ganz andere Geständnisse gemacht, wiewohl Sokrates versicherte, es wäre kein wahres Wort daran. Die Weiber und Mädchen gehören hier allen gemeinsam. Keiner beneidet deshalb seinen Nachbarn, und in dieser Hinsicht sind alle Männer vollkommenste Platoniker. Nicht minder willig und hingebungsvoll zeigen sich auch die schönen Knaben.

20. Noch hatten wir nicht drei Tage hier zugebracht, als ich mich einmal in einer müßigen Stunde an den großen Dichter Homer heranmachte, und unter anderen Fragen auch die wegen seiner Heimat an ihn stellte, indem ich bemerkte, dass über diesen Punkt bei uns noch gegenwärtig am lebhaftesten gestritten würde. Er antwortete mir, es sei ihm gar wohl bekannt, dass man ihn bald für einen Chier, bald für einen Smyrnäer, bald für einen Kolophonier ausgebe; sein Geburtsort aber sei Babylon, und der Name, den er bei seinen Landsleuten geführt hätte, nicht Homer, sondern Tigranes gewesen. Später wäre er als Geisel [Homéros] nach Griechenland gekommen und hätte daher diesen andern Namen erhalten. Auch fragte ich ihn über die für unecht gehaltenen Verse aus, ob sie wirklich von ihm herrührten, was er von allen ohne Ausnahme bejahte, woraus ich also deutlich erkannte, dass jene Kritiken der Grammatiker Zenodot [von Ephesos, um 300 v. Chr.; Bibliothek von Alexandria; erste textkritische Homer-Ausgabe] und Aristarch [von Samothrake, 217-145 v. Chr.; textkritische Ausgabe der Werke Homers] pure Aufschneidereien sind. Nachdem er diesbezüglich meine Neugierde befriedigt hatte, fragte ich ihn weiter, warum er denn seine Iliade gerade mit dem fatalen Wort Zorn (Menin aeide Thea u. s. w.) angefangen hätte? worauf er erwiderte, es hätte sich ihm zufällig so dargeboten; gesucht hätte er's nicht. Auch verlangte ich von ihm zu wissen, ob er die Odyssee vor der Iliade geschrieben habe, wie viele behaupten? Er verneinte es. Ob er wirklich blind gewesen, was man ihm gleichfalls nachsagt, brauchte ich gar nicht zu fragen. Ich überzeugte mich auf den ersten Blick, dass er recht gut sehen konnte. Auch sonst redete ich noch mit dem guten Alten, sooft ich sah, dass er Muße hatte, und jedes Mal antwortete er mir mit der größten Gefälligkeit, besonders nachdem er seine Rechtssache gewonnen hatte. Thersites nämlich hatte eine Beleidigungsklage gegen ihn anhängig gemacht, wegen des Hohns ihm gegenüber in seinem Epos. Allein Homer – Dank sei seinem Verteidiger Ulysses – wurde freigesprochen.

21. Um eben dieselbe Zeit kam auch Pythagoras, aus Samos [um 570 - nach 510 v. Chr.; Vorsokratiker; Pionier der beginnenden griechischen Philosophie, Mathematik und Naturwissenschaft, Verkünder religiöser Lehren, Pythagoreische Schule, Seelenwanderung, Vegetarismus, Freundschaftsideal, Mathematik und Zahlensymbolik, Kosmologie, Astronomie, Musik], auf dieser Insel an, nachdem er sieben Verwandlungen bestanden, in ebenso vielen Tierleibern gelebt und sonach seine ganze Seelenwanderung vollendet hatte. Er war an der ganzen rechten Seite aus Gold. Sogleich ward seine Aufnahme in die Gesellschaft be-

schlossen, nur darüber war man noch im Zweifel, ob man ihn Pythagoras oder Euphorbos [von Menelaos getöteter Kämpfer auf Seiten der Trojaner, dessen Inkarnation zu sein, Pythagoras behauptete] nennen solle. Auch Empedokles [um 490 - um 423 v. Chr., griechischer Philosoph und Arzt aus Akragas; soll sich in den Vulkan Ätna gestürzt haben] kam an, am ganzen Leibe geschmort und verbrannt, wurde aber, ungeachtet alles Bittens, abgewiesen.

22. Nach Ablauf einiger Zeit fand ein großes Festspiel bei ihnen statt, die sogenannten Thanatusien (Totenfeste). Den Vorsitz als Kampfrichter führten Achilles zum fünften, und Theseus zum siebten Mal. Ich will nur des Hauptsächlichsten, was dabei vorging, erwähnen, da eine Darstellung des Ganzen zu weitläufig werden würde. Im Ringkampf entriss ein gewisser Heraklide Karanos dem Ulysses den Siegerkranz. Im Faustkampf maßen sich der Ägypter Areios, der in Korinth begraben liegt, und Epeios miteinander – unentschieden. Für das Pankrateion [Faust- und Ringkampf zugleich] werden hier gar keine Preise ausgesetzt. Wer im Wettlauf den Preis davon getragen, weiß ich nicht mehr. In der Dichtkunst aber hatte sich Homer bei weitem am meisten ausgezeichnet; gleichwohl wurde der Sieg dem Hesiod [um 700 v. Chr.; griechische Mythologie und Mythographie, Alltagsleben seiner Zeit; einer Legende nach Zeitgenosse und Rivale Homers, Sieger bei einem Sängerwettstreit in Chalkis] zuerkannt. Der Preis für alle Kampfgattungen war jeweils ein Kranz, gewunden aus Pfauenfedern.

23. Kaum waren diese Spiele beendigt, als die Nachricht kam, die zu den Höllenstrafen verurteilten Gottlosen hätten ihre Bande zerrissen, die Wache über den Haufen geworfen und wären nun unter Anführung des Agrigentschen Tyrannen Phalaris, des Ägypters Busiris, des Thrakers Diomedes, und eines Skiron und Pityokamptes, in vollem Anzug gegen die Insel. Sogleich ordnet Rhadamanth seine Heroen an die Küste ab und stellt sie unter das Kommando von Theseus, Achill und Ajax Telamonios, der inzwischen wieder zu Verstand gekommen war. Das Treffen begann, Achilles tat Wunder an Tapferkeit, die Heroen siegten. Damals hielt sich auch Sokrates, der auf dem rechten Flügel stand, ungleich besser, als er bei seinen Lebzeiten bei Delion focht. Diesmal blieb er doch wenigstens, ohne eine Miene zu verziehen, auf seinem Posten. Aus diesem Grund wurde ihm später ein schöner und großer Lustgarten in der Vorstadt zum Dank für seinen Heldenmut zuerkannt. Hier pflegte er dann seine Freunde um sich zu versammeln und seine philosophischen Unterredungen mit ihnen zu halten, weswegen er auch dem Garten den Namen Nekrakademie (Totenakademie) gab.

24. Die Überwundenen wurden nun sämtlich festgenommen und gefesselt zu noch härteren Strafen abgeführt. Diese Schlacht hatte Homer gleichfalls besungen und mir beim Abschied ein Exemplar davon für die Leute in unserer Welt mitgegeben; allein auch dieses Werk ging mir in der Folge mit meinen übrigen Sachen verloren. Das Gedicht fing so an: „Erzähle mir, Muse, nun auch vom Streit der toten Heroen." – Die glückliche Beendigung des Krieges wurde nun nach dortiger Sitte mit einem großen Siegesmahl, wobei gekochte Bohnen den Hauptgang ausmachten, und mit großer, festlicher Lustbarkeit gefeiert. Allein Pythagoras nahm daran nicht teil, sondern setzte sich weit entfernt von den Übrigen und fastete, weil ihm der Bohnenfraß [in den Bohnen könnten Seelen sein; Seelenwanderung!] ein Gräuel war.

25. Schon waren sechs Monate unseres Aufenthaltes bei den Seligen verflossen, als sich um die Mitte des siebenten ganz neue Dinge zutrugen. Der Sohn unseres Skintharos, Kinyras, ein großer, schöner Bursche war seit geraumer Zeit in Helena verliebt, und es war nur gar zu deutlich, mit welcher Leidenschaft sie diese Liebe erwiderte. Bei der Tafel war des Liebäugelns, Zunickens und Zutrinkens kein Ende, und während die Übrigen noch saßen, stand unser Pärchen gewöhnlich auf und spazierte im Wald umher. Kinyras, der gleichwohl kein Mittel sah, ans Ziel seiner Wünsche zu kommen, fasste in Liebesraserei den Entschluss, seine Geliebte zu entführen, und mit ihr auf eine der benachbarten Inseln, nach Korkheim oder dem Käseeiland, zu fliehen. Helena war einverstanden, und nun wurden beizeiten die drei Beherztesten meiner Gefährten in den Plan einbezogen und eidlich verpflichtet. Vor seinem Vater hatte Kinyras die Sache sorgfältig geheim gehalten, weil er wohl wusste, dass dieser ihn daran hindern würde. Zur Nachtzeit, als sie glaubten, der günstige Augenblick zur Ausführung des Anschlags wäre gekommen, während ich nicht im Wege war – denn ich lag auf der Wiese, wo wir gespeist hatten, und schlief –, holten sie, ohne dass es eine Seele merkte, Helena heraus und fuhren mit ihr in aller Eile auf und davon.

26. Um Mitternacht erwacht Menelaos, und wie er das Bett seiner Gemahlin leer vorfindet, erhebt er ein grässliches Geschrei, rennt zu seinem Bruder Agamemnon und mit diesem zum Palast des Rhadamanthys. Bei Tagesanbruch erblicken die Wächter das Schiff bereits in sehr weiter Entfernung. Sogleich besteigen auf Rhadamanths Befehl fünfzig Heroen eine, aus einem einzigen Asphodill-Stängel gezimmerte, Barke, um den Flüchtigen nachzusetzen, und es gelang ihnen endlich durch angestrengtes Rudern, sie gegen Mittag einzuholen, als sie schon ganz nah der Käseinsel und eben im Begriff waren, in die Milchsee einzulaufen; nur so wenig hatte gefehlt, dass sie ihnen entwischt wären. Das Schiff der Flüchtlinge ward nun an Rosenketten auf Seeligen-Eiland zurückbugsiert. Helena barg ihr Gesicht im Schleier und weinte vor Betrübnis und Scham. An Kinyras und seine Gesellen aber richtete Rhadamanth bloß die Frage, ob sonst noch jemand von ihren Anschlag gewusst hätte, und als sie das verneinten, ließ er sie erst mit Malven geißeln und sodann, an den Schamgliedern gebunden, zum Ort der Verdammnis abführen.

27. Gegen uns aber wurde beschlossen, dass wir noch vor Ablauf der bestimmten Frist die Insel verlassen, und nur den folgenden Tag hier verweilen sollten. Als ich in Tränen und Wehklagen ausbrach, weil ich mit Zurücklassung des vielen Guten, das ich hier genoss, nun wieder in neue Irrsale sollte gestürzt werden, trösteten sie mich mit der Versicherung, dass ich in wenigen Jahren wieder zu ihnen kommen werde, und zeigten mir den Ehrensitz und Platz an der Tafel, den sie für mich in der Nähe der Vornehmsten bereithalten wollten. Ich begab mich hierauf zu Rhadamanth, und bat ihn inständig, mir mein Schicksal jetzt zu verkünden und mir die Richtung vorzuzeichnen, die ich auf meiner Fahrt zu befolgen hätte. Er verhieß mir zwar die Rückkunft in mein Vaterland, doch würde ich zuvor noch Irrfahrten und Gefahren genug zu bestehen haben. Die Zeit meiner Heimkehr wollte er mir nicht entdecken, sondern zeigte mir nur die nächsten Inseln, von denen fünf ganz nahe la-

gen und eine sechste sich in weiterer Entfernung zeigte. „Diese fünf nächsten", sagte er, „wo du die vielen Feuer auflodern siehst, sind der Aufenthalt der Verdammten, jene sechste aber ist das Land der Träume. Hinter dieser, aber schon außerhalb unseres Gesichtskreises, liegt die Insel der Kalypso. Wenn du nun an all diesen Inseln vorbeigekommen sein wirst, so wirst du zu einem großen Kontinent gelangen, der eurem Weltteil gegenüber liegt. Und endlich nach erlittenem vielfachem Ungemach, nach wunderlichen Kreuz- und Querzügen durch allerhand Völkerschaften und nach langem Aufenthalt unter den ungeselligsten Nationen wirst du, spät genug, auf eurem Festland wieder ankommen." So Rhadamanth.

28. Zugleich zog er eine Malvenwurzel aus der Erde und reichte sie mir mit dem Rat, in allen, auch den größten Gefahren, mein Gebet nur an sie zu richten. Und wenn ich wieder auf diese unsere Erde zurückkäme, so sollte ich erstens mit keinem Degen im Feuer schüren, zweitens keine Wolfsbohnen essen und drittens mit keinem jungen Menschen über achtzehn Jahren verkehren. Wenn ich dieser drei Verbote stets eingedenk sein würde, dürfte ich hoffen, dereinst auf jenes glückliche Eiland zurückzukehren. – Ich ergriff nun alle Anstalten zur bevorstehenden Abfahrt, und zur üblichen Stunde speiste ich noch mit den Heroen. Tags darauf ging ich zum Dichter Homer, bat ihn, mir ein Epigramm zu verfassen, und wie es fertig war, errichtete ich auf dem Gestade des Hafens eine Denksäule aus Beryll und grub die Inschrift darauf ein. Sie lautete: „Lukian hat dies alles gesehen, drauf kehret er wieder heim zum eigenen Herd! Ein Liebling seliger Götter."

29. Nachdem ich noch diesen Tag hier geblieben, segelte ich am folgenden, begleitet von sämtlichen Heroen, von dannen. Beim Abschied steckte mir Ulysses hinter dem Rücken der Penelope ein Briefchen an die Nymphe Kalypso auf der Insel Ogygia zu. Rhadamanth gab mir den Lotsen Nauplios mit, damit wir, falls wir an eine der benachbarten Inseln getrieben würden, nicht in Gefahr gerieten, festgenommen zu werden, sondern uns ausweisen könnten, dass wir in anderen Geschäften dieses Weges reisten.

Sobald wir über den wohlriechenden Luftkreis der glücklichen Inseln hinaus waren, empfing uns ein abscheulicher Dunst wie von brennendem Schwefel, Pech und Steinöl und mitunter ein ganz unerträglicher, scheußlicher Gestank wie von gebratenen Menschen. Die Luft war dick und finster und beträufelte uns fortwährend mit einem beharrlichen Tau; zugleich vernahmen wir das Knallen von Peitschenhieben und viele jammernde Menschenstimmen.

30. Wir landeten, die übrigen beiseitelassend, nur auf einer einzigen dieser Inseln, und diese ist ringsum ein einziger, schroffer, ausgewitterter, von Klippen starrender Fels, auf dem kein Baum und keine Quelle zu sehen sind. Nachdem wir am abschüssigen Ufer hinaufgekrochen waren, ging es über hässlichstes Gelände auf einem schmalen und dornigen Fußpfad weiter, bis wir endlich bei den Gefängnissen und Strafplätzen der Verdammten anlangten. Staunend betrachteten wir die wunderbare Natur dieser Gegend. Der Fußboden starrt von spitzigen Dolchen und Schwertern, die herauswachsen. Drei Flüsse umströmen diesen Ort: der erste und äußerste führt Schlamm, der mittlere Blut, der innere und größte aber, durch den niemand

kommen kann, lauter Feuer. Dieses strömt dahin wie Wasser und wogt und wallt wie ein Meer; darin bewegen sich eine Menge Fische, von denen die größeren wie Kienfackeln, die kleineren wie glühende Kohlen aussehen und Lichtlein genannt werden.

31. Es führt nur eine einzige sehr schmale Brücke über diese drei Flüsse, an deren äußerem Ende Timon (der Menschenfeind) aus Athen Wache hält. Weil Nauplios voranging, wagten wir uns hinüber und sahen nun eine Menge Fürsten und gemeine Leute, wie sie gepeinigt wurden; worunter mir einige wohlbekannte Gesichter aufstießen. Auch erblickten wir unsern Kinyras, der an den Schamgliedern aufgehängt über einem langsamen Schmauchfeuer geräuchert wurde. Die Leute, welche uns herumführten, erzählten uns den Lebenslauf von jedem dieser Verdammten und die Verbrechen wegen welcher sie gestraft würden. Die härtesten Strafen müssen diejenigen aushalten, welche in ihrem Leben die Unwahrheit gesagt und, wenn sie Geschichtsschreiber waren, Lügen berichtet haben. Daher befindet sich auch ein Ktesias aus Knidos hier, ein Herodot und noch viele andere. Mit welcher Gelassenheit kann dagegen ich, im Vergleich zu jenen, an mein eigenes künftiges Schicksal denken, da ich weiß, dass noch nie ein unwahres Wort aus meinem Munde gegangen!

32. Doch ich konnte diese Szenen nicht länger ertragen und eilte zu meinem Schiff zurück, wo sich Nauplios von uns verabschiedete. Nach einer Fahrt von wenigen Stunden zeigte sich uns die Insel der Träume, die aber, so nah wir schon waren, ganz undeutlich und düster aussah. Es ging uns mit dieser Insel fast wie mit den Träumen selbst: sie wich immer vor uns zurück, und je näher wir ihr kamen, desto weiter schien sie sich zu entfernen. Endlich gelang es uns doch, sie zu erreichen, und in einen Hafen, Hypnos (Schlaf) genannt, einzulaufen. Es war schon später, sinkender Abend, als wir in der Nähe der elfenbeinernen Pforte, wo der Tempel Alektryons (des Haushahns) steht, ans Land stiegen. Wir gingen zum Tor hinein und sahen nun Träume in Menge und von allen Gattungen herumwandeln. Zunächst muss ich aber etwas von der Stadt selbst erzählen, da sie bis jetzt noch von niemandem beschrieben worden ist; denn einzig und allein Homer hat sie zwar erwähnt, aber nicht mit gehöriger Genauigkeit von ihr gesprochen [Odyssee, 19. Gesang, 560 ff.].

33. Diese Stadt ist von einem dichten Wald von hohen Mohn- und Alraun-Bäumen rings umgeben, auf welchen eine Unzahl Fledermäuse nistet; denn andere Vögel hat die ganze Insel nicht. Nahe vorbei fließt ein Fluss, Nyktiporos (Nachtwandler) genannt, und vor den Toren befinden sich zwei Brunnen, von welchen der eine Negretos (die Quelle des unerwecklichen –) und der andere Pannychia (des durchnächtigen Schlafes) heißt. Die Ringmauer der Stadt ist hoch und vielfarbig wie ein Regenbogen. Tore sind an derselben nicht zwei, wie Homer sagt, sondern vier. Zwei derselben, ein eisernes und ein tönernes, sehen gegen das Gefilde der Blakia (der Gliederschwere), und aus diesen beiden wandeln, wie es hieß, alle fürchterlichen, blutigen und grausamen Träume. Die beiden anderen führen zum Seehafen. Das erste ist aus Horn, das zweite, durch welches wir selbst gekommen, aus Elfenbein. Gleich beim Eintritt in die Stadt erblickt man zur Rechten den Tempel der Nacht, die, nächst Alektryon, die verehrteste Gottheit dieser Insel ist. Das Heiligtum des Hahns

ist ganz nah am Hafen. Zur Linken steht der Palast des Beherrschers der Träume, Hypnos, der zwei Vizekönige unter sich hat, den Taraxion des Matäogenes (Wirrwarr, Eitelwahn), und Plutokles, Phantasions (Geldmacher, Fasler) Sohn. Mitten auf dem Markt steht ein Brunnen, Kareotis, der Schlaftrunk genannt, und unfern desselben sind zwei Tempel, der eine dem Truge, der andere der Wahrheit gewidmet. Ebendaselbst findet man auch eine heilige Orakelgrotte, deren Vorsteher der berühmte (Athenische) Traumdeuter Antiphon [5. Jahrhunderts v. Chr.; Sophist], welchem die Ehre dieses Prophetenamtes von Hypnos verliehen wurde.

34. Die Träume selbst sind nach Gestalt und Natur sehr verschieden: Einige sind groß, schön, und von sehr angenehmem Äußern, andere klein und hässlich. Einige kamen mir vor wie reines Gold, andere dagegen waren elende, dürftige Gestalten. Sie erscheinen zum Teil als geflügelte Wesen in den abenteuerlichsten Formen, oder als Götter, Heroen, Könige, wie zu einem festlichen Aufzug herausgeputzt. Viele derselben, die uns schon früher einmal begegnet waren, erkannten wir auch jetzt wieder. Sie kamen auf uns zu und begrüßten uns recht freundlich als alte Bekannte. Wir mussten mit ihnen nach Hause gehen, und nachdem sie uns in tiefen Schlaf versenkt hatten, bewirteten sie uns aufs herrlichste und kostbarste, und versprachen uns sogar, Könige und Fürsten aus uns zu machen. Einige führten uns in unsere Heimat, zeigten jedem seine Angehörigen und brachten uns am gleichen Tag wieder zurück. So hatten wir schlafend in köstlichem Wohlleben dreißig Tage und ebenso viele Nächte bei ihnen zugebracht, als wir plötzlich infolge eines fürchterlich krachenden Donnerschlags erwachten. Wir sprangen auf, schafften eilig Lebensmittel an Bord und steuerten weiter.

35. Nach drei Tagen landeten wir auf der Insel Ogygia. Hier konnte ich mich nicht enthalten, den Brief des Ulysses, bevor ich ihn übergab, zu öffnen und zu lesen. Er lautete folgendermaßen: „Ulysses an Kalypso einen freundlichen Gruß: Lass Dir sagen, meine Liebste, wie es mir, seitdem ich Dich verlassen, ergangen ist. Mit dem leichten Floß, das ich selbst zusammengezimmert, verunglückte ich bald nach meiner Abfahrt, und nur durch den Beistand der Leukothea [unter die Meeresgötter aufgenommene Ino, Tochter des Kadmos, hilft Bedrängten und Schiffbrüchigen; Odyssee, 5. Gesang, 333 ff.] gelang es mir mit Mühe, an die Küste der Phäaken mich zu retten. Von diesen in meine Heimat befördert, traf ich dort eine Menge Bewerber um die Hand meiner Gattin an, welche sämtlich von meinem Eigentum schwelgten. Ich machte ihnen allen den Garaus, wurde aber in der Folge selbst von Telegonos, den ich mit der Circe gezeugt hatte, ums Leben gebracht [auf der Suche nach seinem Vater tötete er ihn, ohne ihn zu erkennen]. Und so bin ich nun hier auf der Insel der Seligen und bereue schmerzlich, den Aufenthalt bei Dir verlassen und das mir angebotene Geschenk der Unsterblichkeit verschmäht zu haben. Bei der nächsten günstigen Gelegenheit werde ich deshalb von hier entwischen und mich wieder bei Dir einstellen."
So lautete dieser Brief, an dessen Schluss wir noch zu gastfreundlicher Aufnahme empfohlen wurden.

36. Unweit vom Ufer fanden wir die Grotte der Kalypso, gerade so, wie sie Homer beschreibt. Sie selbst war eben mit Wollespinnen beschäftigt. Nachdem sie den

Brief in Empfang genommen und gelesen hatte, überließ sie sich anfänglich ganz ihrer Wehmut und weinte lange, dann aber hieß sie uns als Gastfreunde willkommen, und bewirtete uns sehr reichlich. Bei Tische fragte sie uns vieles über Ulysses und Penelope, ob sie schön wäre, ob denn ihre Tugend wirklich der vorteilhaften Schilderung gleichkäme, die Ulysses von ihr gegeben hätte? Wir beantworteten alle ihre Fragen, so wie wir glaubten, dass sie es gern hörte, und begaben uns alsdann wieder an Bord, wo wir die Nacht in Ufernähe zubrachten.

37. Bei Tagesanbruch fuhren wir unter einem scharfen Wind ab, der uns zwei Tage lang nicht wenig zu schaffen machte, bis wir am dritten unter die Kürbispiraten gerieten. Dies ist eine wilde Menschenart, die von nahegelegenen Inseln aus Seeraub betreibt. Ihre Fahrzeuge sind ausgehöhlte und getrocknete Kürbisse, sechzig Ellen lang, die Mastbäume Rohrstängel und die Segel Kürbisblätter. Diese Seeräuber überfielen uns mit zwei wohlbemannten Schiffen, schleuderten statt Steinen gewaltige Kürbiskerne und verwundeten viele meiner Leute. Lange blieb der Kampf unentschieden, bis wir gegen Mittag die Karyonauten (Nussschiffer) unseren Piraten in den Rücken kommen sahen, die, wie sich bald zeigte, ihre Todfeinde waren. Sobald die Kürbispiraten deren Ankunft entdeckten, ließen sie von uns ab und wandten ihre Kürbisse, um mit den Nussschiffern zu kämpfen.

38. Inzwischen zogen wir das Segel auf und machten uns davon, während jene im hitzigsten Treffen begriffen waren. Doch sahen wir wohl, dass die Karyonauten den Sieg davontragen würden, denn sie hatten fünf wohl ausgerüstete und weit stabilere Fahrzeuge als ihre Gegner, da ihre Schiffe aus ausgehöhlten halben Nussschalen bestanden, jede von fünfzehn Klaftern Länge. Wie wir ihnen aus der Sicht waren, verbanden wir unsere Verwundeten und legten von jetzt an unsere Waffen nicht wieder aus den Händen, um stets auf dergleichen Überfälle gefasst zu sein – eine Vorsicht, die in der Tat nichts weniger als überflüssig war.

39. Denn die Sonne war noch nicht untergegangen, als wir von einer einsamen Insel her ungefähr zwanzig Männer auf sehr großen Delphinen auf uns zureiten sahen. Auch diese waren Seeräuber. Sie saßen mit großer Sicherheit auf ihren Delphinen, obwohl diese wieherten und ausschlugen wie junge Pferde. Sobald sie in unserer Nähe waren, teilten sie sich in zwei Haufen, wovon der eine rechts, der andere links sich aufstellte und mit gedörrten Tintenfischen und Krebsaugen uns bombardierte. Wir begrüßten sie dagegen so kräftig mit unsern Wurf- und Bogenpfeilen, dass sie nicht Stand hielten, sondern größtenteils verwundet zu ihrer Insel flüchteten.

40. Um Mitternacht bei vollkommen ruhiger See stießen wir, ohne es zu wissen, auf ein entsetzlich großes Eisvogelnest von etwa sechzig Stadien Umfang. Ein Eisvogel, kaum kleiner als sein Nest, saß auf demselben und brütete seine Eier aus. Sowie er uns gewahr wurde, flatterte er hoch und hätte beinahe unser Schiff durch den starken Wind, den sein Flügelschlag verursachte, umgeworfen. Während er davonflog, ließ er sonderbar klagende Töne vernehmen. Als der Tag graute, bestiegen und betrachteten wir das Nest, das einer Art großen Floßes glich und aus enormen Bäumen zusammengefügt war. Es enthielt fünfhundert Eier, jedes größer als eine Chi-

os-Tonne, in welchen man bereits die Jungen merkte und piepen hörte. Wir hieben eines mit der Axt auseinander und fanden ein nacktes Küchelchen, stärker als zwanzig Geier.

41. Wir steuerten weiter, und mochten uns ungefähr auf zweihundert Stadien vom Nest entfernt haben, als sich uns erstaunliche Wunderzeichen darboten. Die hölzerne Gans, die (zur Zierrat) am Heck unseres Schiffs angebracht war, fing plötzlich an, die Flügel zu schlagen und laut zu schnattern. Unser Steuermann Skintharos, der längst schon einen Kahlkopf hatte, bekam auf einmal seine Haare wieder. Was aber das Allerwunderbarste war, unser Mastbaum begann auszuschlagen, Zweige und Blätter zu treiben, oben im Wipfel sogar Feigen und – wiewohl noch unreife –Trauben zu tragen. Man kann sich leicht denken, wie bestürzt uns dieser Anblick machte, und wie inbrünstig wir die Götter anflehten, das mögliche Unheil, das die seltsame Erscheinung eventuell bedeuten könnte, von uns abzuwenden.

42. Noch waren wir nicht fünfhundert Stadien weitergekommen, als wir einen außerordentlich großen und dichten Wald von Fichten und Zypressen vor uns sahen, den wir anfänglich für Festland hielten. Allein bald zeigte sich's, dass es ein tiefes, mit Bäumen ohne Wurzeln überwachsenes Meer war, auf welchem die Bäume gleichwohl fest und unbeweglich standen. Je näher wir kamen, und je genauer wir die Sache besichtigten, desto mehr wuchs unsere Verlegenheit, was wir tun sollten. Mitten durch die Bäume hindurch zu schiffen, war unmöglich, sie standen zu dicht nebeneinander, und wieder umzukehren, schien uns auch nicht einfach. Da stieg ich auf den höchsten dieser Bäume, um zu sehen, was hinter dem Wald läge, und fand, dass sich derselbe noch um die fünfzig Stadien oder etwas mehr (in die Breite) ausdehnte, dass aber jenseits desselben wieder ein neues Meer begönne. Das Beste dünkte uns also, unser Schiff auf die ungemein dichten Baumwipfel hinaufzuheben und es so womöglich ins andere Meer hinüberzuschaffen. Gedacht, getan. Wir banden das Schiff an einem starken Tau fest, bestiegen die Bäume und zogen es mit unsäglicher Mühe zu uns herauf. Sowie es aber oben auf den Zweigen saß, blies der Wind kräftig in die ausgespannten Segel, und so kamen wir ebenso bequem vorwärts, als ob wir noch auf dem Meere schifften. Dabei fiel mir jener Vers ein, der sich irgendwo bei dem Dichter Antimachos [Dichter und Grammatiker aus Kolophon, um 400 v. Chr.; Epos *Thebais* über die beiden mythischen Thebanischen Kriege; nach seiner verstorbenen Geliebten *Lyde* benannte Elegien] findet: „Sie durchsteuerten nun den waldbewachsenen Meerespfad."

43. Wie wir glücklich über den Wald gekommen und bei dem zweiten Meer angelangt waren, ließen wir unser Fahrzeug wieder ins Wasser hinab, und fuhren nun auf einer spiegelhellen See dahin, bis wir uns plötzlich vor einer ungeheuren Kluft befanden, weil die Wassermasse sich zerteilt hatte und einen Spalt bildete, wie man dergleichen auch auf Erden nicht selten nach Beben bemerkt. Unser Schiff, in voller Fahrt, ließ sich, obgleich wir alle Segel einrafften, nur mit Mühe zum Stehen bringen und wäre fast in den Abgrund gestürzt. Es war ein furchtbarer, unbeschreiblicher Anblick, als wir uns vorbeugten und in eine Tiefe von wenigstens tausend Stadien hinunterschauten und die schroff abgeschnittenen Wasserwände betrachteten.

Bei weiterer Betrachtung dieser Gegend bemerkten wir endlich in mäßiger Entfernung rechts eine Brücke aus Wasser, das von der einen dieser Meereshälften auf die andere überfloss und so die Oberflächen derselben miteinander verband. Wir ruderten auf diese Brücke zu und kamen endlich, was wir kaum gehofft hatten, freilich erst nach außerordentlichen Anstrengungen, glücklich hinüber.

44. Von hier kamen wir in eine ruhige, stille See und an eine kleine, leicht zugängliche und bewohnte Insel, auf welcher eine wilde Menschengattung lebt, Bukephalen (Ochsenköpfe) genannt, mit Hörnern auf dem Kopf, wie man bei uns den Minotauros [Wesen mit menschlichem Körper und Stierkopf; Sohn der Pasiphaë, Gattin des Minos, und eines Stiers; von Minos im Labyrinth gefangengehalten, wo ihn später Theseus erschlug] darzustellen pflegt. Wir waren an Land gegangen, um Wasser und womöglich auch Lebensmittel zu beschaffen, an welchen wir anfingen Mangel zu leiden. Süßwasser hatten wir gleich in der Nähe des Ufers, aber sonst durchaus nichts gefunden, außer dass wir in geringer Entfernung ein starkes Gebrüll hörten, das von einer Herde Hornvieh herzurühren schien. Allein nach wenigen Schritten standen wir vor den Bukephalen. Diese wurden unser kaum gewahr, als sie sofort über uns herfielen und drei der Unsrigen ergriffen. Wir Übrigen retteten uns durch Flucht zu unserem Schiff. Weil wir glaubten, unsere Kameraden nicht ungerächt lassen zu dürfen, bewaffneten wir uns alle und überfielen die Wilden, als sie soeben das Fleisch der drei Geschlachteten unter sich verteilten. Es gelang uns, ihnen Schrecken einzujagen; wir setzten ihnen nach, und nachdem wir etwa fünfzig derselben erschlagen und zwei gefangengenommen hatten, kehrten wir mit diesen Gefangenen wieder zurück. Lebensmittel hatten wir freilich keine beschafft. Meine Gefährten wollten nun, dass wir die beiden Gefangenen gleichfalls abschlachten sollten, ich hielt es jedoch für besser, sie gebunden unter Gewahrsam zu halten, bis von Seiten der Bukephalen Abgeordnete erscheinen und ihre Landsleute loskaufen würden. So geschah es wirklich. Denn wir sahen bald, dass welche kamen und durch Zeichen und eine Art kläglichen Brüllens ihre Bitten zu verstehen gaben. Als Lösegeld verlangten wir von ihnen viel Käse, getrocknete Fische und vier von den dort einheimischen dreibeinichten Hirschen, bei denen nämlich die beiden Hinterfüße, wie bei anderen die beiden vorderen, zu einem zusammengewachsen waren. Sobald sie geliefert hatten, gaben wir die Gefangenen heraus und lichteten sodann nach einem Aufenthalt von einem Tag die Anker.

45. Allmählich zeigten sich viele Fische, es begegneten uns verschiedene Vögel, kurz es erschienen alle Vorboten nahen Landes. Bald darauf erblickten wir Männer, die sich einer seltsamen Art von Schifffahrt bedienten: Jeder derselben war nämlich Schiffer und Schiff in einer Person. Dies geht so: Sie liegen rücklings auf dem Wasser, richten einen gewissen (bei ihnen in sehr ansehnlicher Größe vorhandenen) Teil ihres Körpers als Mast auf, befestigen ein Segel daran, dessen untere Zipfel sie mit den Händen halten, und treiben so vor dem Winde. Hinter ihnen drein kamen andere, die auf großen Stücken Kork saßen und sich von einem Paar vorgespannter Delphine ziehen ließen, die sie mit Peitsche und Zügel regierten. Sie taten uns nichts zuleide, auch flohen sie nicht vor uns, sondern zogen ganz friedlich und furchtlos an

uns vorüber, während sie bloß ihr Staunen über unser Fahrzeug ausdrückten und es von allen Seiten betrachteten.

46. Gegen Abend landeten wir auf einem Eiland von unbeträchtlichem Umfang, das von Weibern bewohnt war, die, wie es uns vorkam, griechisch redeten. Sie waren sämtlich von schönem, jugendlichem Aussehen, mit langen Gewändern bis zu den Füßen bekleidet, übrigens ziemlich hetärenmäßig herausgeputzt. Sowie sie uns sahen, kamen sie auf uns zu, reichten uns die Hände und hießen uns freundlich willkommen. Der Name dieser Insel ist Kabalusa (Koboldinsel), ihre Hauptstadt heißt Hydamardia (Wassergeilheit). Diese Weiber führten nun jede einen von uns als Gast in ihre Wohnung. Ich hielt mich eine Weile damit zurück, zu folgen, denn mir schwante nichts Gutes und ich bemerkte, als ich die Umgebung ein bisschen genauer besah, dass viele Menschenschädel und Knochen auf der Erde lagen. Ein Geschrei zu erheben, die Kameraden herbeizurufen und nach den Waffen zu laufen, schien mir aber nicht ratsam. Ich zog meine Malve hervor und richtete ein sehr eindringliches Gebet an sie, mir aus diesen Nöten glücklich herauszuhelfen. Kurze Zeit später, als mich meine Wirtin fleißig bediente, merkte ich, dass unter ihrem Gewand keine Weiberfüße, sondern Eselshufe hervorlugten. Sofort gehe ich mit gezogenem Schwert auf sie los, bemächtige mich ihrer, binde und nötige sie, mir alles zu entdecken. Nach langem Weigern erfuhr ich von ihr, sie wären Meerweiber, Onoskeleen (Eselsfüßlerinnen) genannt, und fräßen Fremdlinge, die an ihre Küste kämen. „Wir machen sie erst betrunken", sagte sie, „und legen uns zu ihnen aufs Ruhelager, und wenn sie dann tief schlafen, bringen wir sie um." Wie ich das vernommen, ließ ich sie gebunden liegen, rannte aus Dach und schrie aus Leibeskräften meine Gefährten zusammen. Alsbald rannten sie herbei, ich sagte ihnen alles, zeigte ihnen die herumliegenden Menschenknochen und führte sie dann ins Haus zu meiner Gefangenen. Diese aber hatte sich inzwischen in Wasser verwandelt und war unsichtbar geworden; allein als ich den Versuch machte und mit meinem Schwert durchs Wasser fuhr, wurde dasselbe zu Blut.

47. Wir begaben uns ohne weiteren Verzug zu unserem Schiff und steuerten davon. Und als der Tag zu grauen anfing, hatten wir Festland vor uns, von welchem wir vermuteten, dass es der unserm Erdteil gegenüberliegende, Kontinent wäre. Nachdem wir den Göttern unsern Dank und unsere Bitten in einem Gebet dargebracht hatten, berieten wir, was wir nun anfangen wollten. Ein Teil war der Meinung, man sollte, nach einem ganz kurzen Aufenthalt an Land, geradeswegs wieder zurücksegeln. Die Übrigen wollten das Schiff hier zurücklassen und mit einen Zug ins Innere des Landes die Bekanntschaft seiner Bewohner machen. Noch waren wir in dieser Beratung begriffen, als uns auf einmal ein mächtiger Sturm überfiel und unser Fahrzeug an den Klippen des Ufers zerschmetterte. Kaum gelang es uns, schwimmend uns zu retten und die Waffen und einiges andere, was eben jeder noch fassen konnte, in Sicherheit zu bringen.

[*Schlussbemerkung*]

Das wären nun, bis zu dieser meiner Ankunft auf jenem anderen Kontinent, alle meine Begebenheiten zur See und während meiner Fahrt über die Inseln sowie in der Luft, hierauf im Walfisch und, nachdem wir wieder herausgekommen, bei den Heroen, den Träumen und zuletzt bei den Ochsenköpfen und Eselsfüßlerinnen.

Was ich nun weiter auf dem (andern) Festland sah und erlebte, soll in den folgenden Büchern [fraglich ob „Ente", „Wachtel", „Lüge" oder unausgeführtes Vorhaben; existieren jedenfalls nicht!] erzählt werden.

Nachwort des Herausgebers Joerg K. Sommermeyer

Für diese Edition *„phantastischer Märchen"* sind 4 Persönlichkeiten wesentlich, die freilich ihrerseits aus zahlreichen historischen Quellen schöpfen und vielen Einflüssen unterworfen sind: Karl Friedrich Hieronymus, Freiherr von Münchhausen; Rudolf Erich Raspe, Gottfried August Bürger und Lukian von Samosata.

Münchhausen als Kürassier in Riga, um 1740
(Gemälde von G. Bruckner)

Karl Friedrich Hieronymus, Freiherr von Münchhausen, der *„Lügenbaron"*, leidenschaftlicher Jäger und talentierter Erzähler, dem etwa hundert *„Lügengeschichten"* vom Baron Münchhausen zugeschrieben werden, erblickt am 11.Mai 1720 im niedersächsischen Bodenwerder (zwischen Hameln und Holzminden an der Oberweser) das Licht der Welt, dient als Page am Hof Karls I. von Braunschweig (1713-1780) und begleitet, 1737, Prinz Anton Ulrich nach

111

Russland. Teilnahme am russisch-türkischen Krieg (1735-1739) und Krieg gegen Schweden. 1744 Heirat mit Jacobine von Dunten zu Perniel in Livland. 1750 Rittmeister in der Armee Peters III.; baldiger Abschied. Er kehrt auf sein Gut Bodenwerder zurück, wo er, mit Ausnahme weniger Aufenthalte in Russland, bis zu seinem Tod am 22. Februar 1797 als geselliger Landedelmann, dessen (mündliche) Schilderungen zusehends berühmt werden, lebt.

Rudolf Erich Raspe, 1737 als Sohn eines Bergbaubeamten in Hannover geboren, wächst in Clausthal auf und studiert in Göttingen und Leipzig. Unterbibliothekar der Königlichen Bibliothek in Hannover, katalogisiert Johann Ludwig von Wallmoden-Gimborns (1736-1811; kurhannoverscher Feldmarschall und Kunstsammler) Sammlungen. Kontakte zu zahlreichen Politikern und Gelehrten, darunter Gerlach Adolph von Münchhausen (1688-1770; Staatsmann, erster Kurator der Georg-August-Universität Göttingen), Johann Ernst Wichmann (1740-1802; königlicher Hofmedicus), Benjamin Franklin (1706-1790; amerikanischer Drucker, Verleger, Schriftsteller, Naturwissenschaftler, Erfinder, Staatsmann). Setzt sich für die Rezeption englischer Literatur ein. 1767 Kurator der Sammlungen des Kasseler Hofes, Bibliothekar und Professor am Collegium Carolinum. Lebt über seine Verhältnisse, stiehlt, 1775, aus der Kasseler Sammlung Münzen und flüchtet vor der Strafverfolgung nach England. Gilt danach als Schwindler; Franklin bricht mit ihm, die Royal Society will ihn nicht mehr als Mitglied. *Baron Munchausen's narrative of his marvellous travels and campaigns in Russia, 1785*, englische Übersetzung und Bearbeitung der im *Vademecum für lustige Leute*, 8. und 9. Teil (1781-83) anonym erschienenen (vermutlich Raspes eigenen) Münchhauseniaden; die dritte Ausgabe *The singular travels, campaigns, voyages and sporting adventures of Baron von Munnikhouson*, 1786, Vorlage für Gottfried August Bürgers Bearbeitung. Unternehmer Matthew Boulton beschäftigt Raspe später mit der Erschließung von Minen in Cornwall, der schottische Medaillenfabrikant James Tassie beauftragt ihn, 1790, seine Kunstsammlung zu katalogisieren, nimmt ihn als Teilhaber in seine Manufaktur. In Schottland, Wales und Irland sucht Raspe im Auftrag der Highland Society nach Mineralien. 1794 stirbt er im irischen Muckross (bei Killarney) am Fleckfieber.

Gottfried August Bürger wird am 31. Dezember 1747 in Molmerswende (Ostharz, bei Quedlinburg) als Sohn des Pfarrers geboren. 1760-1763 besucht er das Pädagogium in Halle, studiert anschließend an der dortigen Universität Theologie, dann in Göttingen Rechtswissenschaft und Philosophie. Kontakte zu Heinrich Christian Boie (1744-1806; Dichter und Herausgeber; Göttinger Musenalmanach, Hainbund), Ludwig Ludwig Christoph Heinrich Hölty (1748-1776; volkstümlicher Dichter im Umfeld des Hainbunds), Johann Anton Leisewitz (1752-1806; Schriftsteller und Jurist), Johann Heinrich Voß (1751-1826; Übersetzer der Epen Homers) und anderen Mitgliedern des Göttinger Hainbundes (1772 gegründete literarische Gruppe; die Natur verehrend, Sturm und Drang). 1772 Amtmann in Alten-Gleichen. Bürger verdient nicht genug, sein Amt behindert seine dichterischen Interessen. Lotteriespiel, Gründung einer Verlagsanstalt zusammen mit Leopold Friedrich Günther von Goeckingk (1748-1828; Lyriker, Publizist, kurländischer Legationsrat, preußischer Beamter), Auswanderung, Pacht eines Landgutes bleiben ebenso erfolglos wie Bemühungen um andere Stellen, weil er bei der Hannoverschen Regierung als „Schöngeist" ein zweifelhaftes Renommee genießt. Drei unglückliche Ehen. Zunächst heiratet er 1774 Dorette Leonhart, verliebt sich aber dann in deren Schwester Auguste (Molly). Dorette stirbt nach zehn elenden gemeinsamen Jahren an einer Geburt. Bürger heiratet 1785 Auguste, die ihm nach siebenmonatiger Ehe wie ihre Schwester infolge einer Geburt wegstirbt. Elise Hahn, seine dritte Frau, setzt ihm Hörner auf und macht ihn zum Gespött der Göttinger Gesellschaft; 1792 Scheidung.

Mit der Unterstützung von Christian Gottlob Heyne (1729-1812; Altertumswissenschaftler; Göttingischen Gelehrten Anzeigen), Abraham Gotthelf Kästner (1719-1800; Mathematiker, Epigrammdichter) und Georg Christoph Lichtenberg (1742-1799; Mathematiker, Naturforscher, erster deutscher Professor für Experimentalphysik im Zeitalter der Aufklärung, Aphoristiker) wird er 1784 Privatdozent an der Universität Göttingen, wo er Vorlesungen über Ästhetik, Stilistik, deutsche Sprache und Philosophie hält. 1787 Dr. h. c., 1789 a. o. Professor ohne feste Anstellung. Eine Bittschrift um Gehalt wird zurückgewiesen. Viele unausgeführte, nur angefangene, halbausgeführte Pläne und Projekte: Ilias-Übersetzung, Shakespeare-Übersetzungen, volkstümliches Nationalepos, Arbeit über Volkspoesie, Neubearbeitung von Tausendundeine Nacht, diverse Dramen und Trauerspiele. Gedichte und Balladen (Lenore, Der wilde Jäger, Des Pfarrers Tochter von Taubenhain) freilich, die er ab 1771 im Göttinger Musenalmanach publiziert, machen ihn überregional bekannt. Aber Schillers „ideellgeschliffene" (Goethe) Kritik in der Jenaischen Allgemeinen Literaturzeitung, 1791, vernichtet ihn (posthume Rehabilitation durch Arthur Schopenhauer und Heinrich Heine). Bürger verschuldet sich immer mehr, erkrankt. Einsam und isoliert siecht er dahin, stirbt, 46-jährig, an Schwindsucht. Wunderbare Reisen zu Wasser und Lande, Feldzüge und lustige Abentheuer des Freiherrn von Münchhausen, Göttingen 1786, Bürgers Übersetzung und Erweiterung von Raspes Münchhausen, war anonym herausgegeben worden. Zu Bürgers Lebzeiten wird Bürger als deren Verfasser nicht (an)erkannt.

Gottfried August Bürger
(Gemälde von Johann Heinrich Tischbein d. J., 1771)

Lukian von Samosata (Lucianus Samosatensis) wird um 120 n. Chr. in Samosata
(früher Königreich Kommagene, später römische Provinz Syria) geboren. Abgebrochene
Steinmetzlehre, Ausbildung zum Rhetoriker, bis zum 40. Lebensjahr Sophist. Reisen als Redner durchs Imperium. Wirkt dann in Athen. 86 Werke
unter seinem Namen, etwa 70 gelten als echt. Dialoge übers Alltagsleben,
gesellschaftliche, philosophische, theologische Fragestellungen. Lukian
nimmt aufklärerisch und spöttisch aufs Korn, im Fahrwasser der Satire, Re-
ligion (Θεῶν διάλογοι / Göttergespräche, Νεκρικοὶ διάλογοι / Totengespräche), Verschwen-
dungssucht (Τίμων ἢ Μισάνθρωπος / Timon oder Misanthrop, Περὶ τοῦ παρασίτου / Der Parasit),
Prostitution (Ἑταιρικοὶ διάλογοι / Hetärengespräche), dumme Eitelkeit und Bildungs-
dünkel (Πρὸς τὸν ἀπαίδευτον καὶ πολλὰ βιβλία ὠνούμενον / Der ungelehrte Büchernarr), den Phi-
losophiebetrieb (Βίων πρᾶσις / Verkauf von Leben, Φιλοψευδής / Der Lügenfreund), histori-
sche Persönlichkeiten, Geschichtsschreibung (Πῶς δεῖ ἱστορίαν συγγράφειν / Wie man

Geschichte schreiben soll), welche Mythen für bare Münze verkaufe, und verfasst nicht zuletzt in diesem Zusammenhang phantastische Werke *(Ἰκαρομένιππος / Die Luftreise, Ἀληθεῖς Ἱστορίαι / Wahre Geschichten)*. Lukian stirbt um 180 oder um 200 n. Chr., wahrscheinlich in Alexandria.

Wahre Geschichten (Ἀληθῆ διηγήματα / Verae historiae): phantastische Begebenheiten auf der Reise durch den Weltraum, die Unterwelt, das Elysium, Begegnungen mit außerirdischen Lebensformen, interplanetarische Kriegsführung, versuchte Kolonisation der Sonne dienen Lukians augenfälliger Satire. Mit widersinnigem Verkehren, aufschneiderischem Übertreiben werden unglaubliche, unmögliche, seltsamste, aberwitzigste Dinge erfunden, woraus Lukian, der immer sowohl schwungvoll kritisieren als auch raffiniert unterhalten will, im betonten Gegensatz zu den vom ihm Missbilligten und Parodierten keinen Hehl macht: *„Was diese Anziehendes haben dürften, wird nicht bloß in dem Abenteuerlichen des Inhalts an sich, noch im scherzhaften Gedanken, ein buntes Allerlei von Lügen im ernsthaften Ton der Wahrheit vorzubringen, sondern auch darin liegen, dass mit jeder einzelnen der in denselben enthaltenen Schilderungen nicht ohne komische Wirkung auf diejenigen unter den alten Dichtern, Geschichtsschreibern und Philosophen angespielt wird, welche uns Fabeln und Wunderdinge zuhauf schriftlich hinterlassen haben.“* (oben, S. 79) *„Ich sage doch wenigstens die eine Wahrheit: ich lüge. Ich schreibe von Dingen, die ich weder selbst gesehen, noch erfahren, noch von andern gehört habe, und die eben so wenig wirklich, als je möglich sind.“* (oben, S. 80)

Wahrheit, Unwahrheit, Lüge sind ein weites Feld (siehe den Abschnitt über „Lüge" in Joerg K. Sommermeyer, *Vernimm mein Schreien*, Pathoaphysischer Antiroman, Tragigroteskenfragment, Orlando Syrg Taschenbuch, 3. durchgesehene, verbesserte und um einen Anhang erweiterte Auflage von *Anton unbekannt*, OrSyTa 112018, Berlin 2018, S. 80 ff.) mit groben Klötzen und feinen Abstufungen, zumal in postfaktischen Zeiten, in denen alternative Fakten das Wort geredet wird, nicht zu vergessen Desinformation von Geheimdiensten, politische Strategien, Betrug, Notlügen. Um Wahrheit muss fortwährend gekämpft werden, sie geht oft verloren, ist in Gefahr, nie wieder erblickt zu werden.

Irrtümer und Missverständnisse verursachen fahrlässig Unwahrheit, Lüge vorsätzlich. Der Lügner weiß um seine Lüge, weiß genau, was er damit bezweckt. Während der Betrüger mit seiner Lüge täuschen, Irrtum erregen will, um zu seinem Vorteil dem Adressaten zu schaden, *„lügt"* der Phantast augenzwinkernd, lächelnd, geht dabei zurecht davon aus, dass jedermann seine maßlosen Übertreibungen, Prahlereien ohne weiteres als Ausgeburten einer überbordenden Phantasie zu entschlüsseln vermag. Solche *„Lügen"* bezwecken keinen Schaden, dienen vielmehr Unterhaltung, Amüsement, Genuss und spielerischem Wachrütteln. Verwandt Satire, Groteske und Karneval, wollen und sollen solche Fantasiestücke von vornherein gar nicht wirklich ernst genommen werden. Lukian und Münchhausen sind Vorfahren und Taufpaten dieses Konzepts sowie seiner Protagonisten, des *„unkaputtbaren"* James Bond, der Comichelden wie *Superman* und seine Kollegen und Science Fiction-Abenteurern (wobei Science Fiction-Autoren freilich eine ferne unglaubliche und unmögliche künftige Welt mit Hilfe einer *„wissenschaftlichen Extrapolation"*, in der quasireligiösen Überzeugung des grenzenlosen technologischen Fortschritts, als so glaubhaft wie nur möglich, mindestens als wahrscheinlich aussehen lassen wollen). Es gehört zum Umfeld von magischem Realismus, Dada, Surrealismus, Utopik und Dystopik in der Tradition phantastischer Dichtung vom Altertum bis heute, darunter etwa auch Chamissos *Peter Schlemihls wundersame Geschichte* (in Joerg K. Sommermeyer, *Taugenichts et cetera: Eichendorff, Chamisso, Büchner*, Orlando Syrg Taschenbuch, 1. Aufl., OrSyTa 62018, Berlin 2018, S. 95 ff.), Alfred Kubins *Die andere Seite*, Carl Einsteins *Bebuquin*, Hugo Balls *Tenderenda* (in Joerg K. Sommermeyer, *Balleinrubin: Ball, Einstein, Rubiner*, Orlando Syrg Taschenbuch, 1. Aufl., OrSyTa 12017, Berlin 2017) bis hin zu Brian W. Aldiss' *Helliconia*-Trilogie (1982 ff.) oder Angela Carters *Nights at the Circus* (1984), um nur einige wenige aus dem neueren reichen Vorrat zu erwähnen.

Münchhausen und seine Bearbeiter ließen sich inspirieren und schöpften aus dieser sich stetig fortsetzenden uralten Tradition phantastischer Dichtung: *Plutarch*, die *Bibel* (z. B. Jona 2, 1-11; im Bauch des Wales), *Talmud*, *Sindbad* (Tausendundeine Nacht), *Märchen* (z. B. Brüder Grimm, *Die sechs Diener*, in Joerg K. Sommermeyer, *Lieblingsmärchen*, 2. Aufl. 2018, OrSyTa 22018, Orlando Syrg, Berlin 2018, S. 255 ff.), indogermanische Überlieferung, Mythologien und selbstverständlich Lukian. *Modus florum* (11. Jahrhundert), *Wachtelmäre* (Peter der Wachtelsack, um 1250; *Wachtel*märe gleichbedeutend mit der heutigen Zeitungs*ente*), *Eulenspiegel* (angeblich umherstreifender Schalk im 14. Jahrhundert), *Cannstätter Lügenschmied* (Heinrich Bebel, 1472-1518), *Finkenritter* (Volksbuch, Straßburg um 1560), *Gargantua und Pantagruel* (François Rabelais, 1532 ff.), *Deliciae Academicae* (Johann Peter Lange, Heilbronn 1663), *Gullivers Reisen* (Jonathan Swift, 1726), *Nicolai Klimii iter subterraneum / Niels Klims Reise in die Unterwelt* (Ludvig Holberg, 1741) und *Vademekum für lustige Leute* (Berlin 1781 ff.; *„aus den besten Schriftstellern zusammengetragen"*!), in welchem anonym 16 *„M-h-snsche Geschichten"* publiziert werden. Hinter dem Anonymus verbirgt sich wohl Rudolf Erich Raspe, der die Geschichten nach seiner Flucht übersetzt, ihre Reihenfolge ändert, sie zu einem Ganzen verknüpft und erneut anonym als *Baron Munchhausen's Narrative of his Marvellous Travels and Cam-*

paigns in Russia, Oxford 1785 / 1786, herausgibt. Nachfolgende Auflagen ergänzt Raspe um Seeabenteuer, die er aus den verschiedensten „*Lügenmärchen*" destilliert und dem Münchhausen-Stil angleicht. Bürgers Münchhausen-Erzählungen sind dessen Rückübersetzung ins Deutsche. Sie werden ebenfalls anonym im Herbst 1786 publiziert, um neun (später noch um weitere fünf) Stücke „eigener Erfindung" (z. B. Entenfang, Ritt auf der Kanonenkugel, achtbeiniger Hase) vermehrt. Gottfried August Bürger kultiviert darin seinen volkstümlichen, an mündlicher Rede orientierten Ton, und durch diese Edition wird Münchhausen zum populärsten Prahlhans von allen Aufschneidern unter Reisenden, Jägern, Soldaten und Seeleuten.

Joerg K. Sommermeyer, Berlin, 11. Dezember 2018

Buchanzeige

Franz Treller
Nikunthas, König der Miami
Eine Abenteuererzählung aus Nordamerika
Anhang: **Indianer-Gedanken** von Oskar Panizza
und **Die blaue Schlange** von Fritz von Ostini
Vollst. rev. und neu bearb. von Georg J. Feurig-Sorgenfrei
Hrsg. und mit einem Nachw. vers. von Joerg Sommermeyer
Kollektion Abenteuer- & Reiseerzählungen / KAR 1
Orlando Syrg Taschenbuch, 1. Aufl., OrSyTa 22009, Berlin, 2010
2. Aufl., OrSyTa 22017, Berlin 2017

Joerg K. Sommermeyer (Hg.)
James Fenimore Coopers The Last of the Mohicans
Der letzte Mohikaner
A Narrative of 1757 / Eine Erzählung aus dem Jahre 1757
Deutsch nach der Übersetzung von J. F. L. Tafel,
revidiert und neu bearbeitet von Georg J. Feurig-Sorgenfrei
Herausgegeben und mit einem Nachwort versehen von Joerg K. Sommermeyer
Kollektion Abenteuer- & Reiseerzählungen / KAR 4
Orlando Syrg Taschenbuch, 1. Aufl., OrSyTa 132018, Berlin 2018

Joerg K. Sommermeyer (Hg.)
Robert Müllers Tropen
Der Mythos der Reise
Urkunden eines deutschen Ingenieurs
Durchgesehen und revidiert, herausgegeben und mit einem
Nachwort versehen von Joerg K. Sommermeyer
Kollektion Abenteuer- & Reiseerzählungen / KAR 3
Orlando Syrg Taschenbuch, 1. Aufl., OrSyTa 52018, Berlin, 2018

Joerg K. Sommermeyer (Hg.)
Joseph Conrads Heart of Darkness
Herz der Finsternis
Englisch und Deutsch
Deutsch nach der Übersetzung von Ernst Wolfgang Freißler,
revidiert und neu bearbeitet von Georg J. Feurig-Sorgenfrei
Herausgegeben und mit einem Nachwort versehen von Joerg K. Sommermeyer
Kollektion Abenteuer- & Reiseerzählungen / KAR 5
Orlando Syrg Taschenbuch, 1. Aufl., OrSyTa 182018, Berlin 2018